# Lugares que no quiero compartir con nadie

Seix Barral Biblioteca Breve

# Elvira Lindo

## Lugares que no quiero compartir con nadie

Diseño original de la colección:
Josep Bagà Associats

Primera edición: noviembre 2011


Avda. Diagonal, 662-664 - 08034 Barcelona
www.seix-barral.es
www.planetadelibros.es

La editorial desea manifestar su agradecimiento a Xavi Menós
por su inestimable ayuda e implicación en la edición de esta obra.

ISBN: 978-84-322-1405-9
Depósito legal: M. 42.115 - 2011
Impreso en España
Dédalo Offset, S. L., Madrid
Preimpresión: La Nueva Edimac, Barcelona

También disponible en e-book

El papel utilizado para la impresión de este libro
es cien por cien libre de cloro
y está calificado como **papel ecológico**.

*Para Antonio,*
*porque donde está él*
*está mi casa.*

# De Queens a la quintaesencia del Upper East

Voy a Queens. Voy a Queens en metro. Pienso en las dos frases diminutas con las que comienzo esta historia y me sonrío: no parecen mías. Pero responden a una verdad o a dos, la de que voy a Queens y la de que voy en metro. Es desde luego algo inusual en lo que ha sido mi vida en Nueva York desde que llegué hace siete años; sin embargo, se ha convertido en costumbre en los últimos meses. Ir a Queens e ir en metro. Creo que sólo había cruzado este barrio (llamarlo barrio es poco) en taxi para ir al aeropuerto. Mi conocimiento de Queens es nulo pero eso no me convierte en extranjera, al contrario, lo que caracteriza a un irreductible habitante de Manhattan es que mueve muy pocas veces el culo para salir de la isla.

Comencé a ir a Queens en enero. Un psiquiatra español, el doctor Carulla, me diagnosticó una ansiedad crónica y severa que me producía dolor de estómago, confusión, miedo, dolores musculares varios y un estado de alarma permanente. Nada grave, si se tienen en cuenta las palabras con las que el doctor Carulla trató de animarme: «¡Pero las pruebas concluyen que eres optimista!» Otra, en mi lugar, hubiera pensado que se trataba del optimismo de los idiotas, dado el descorazonador informe médico, pero como soy optimista, concluí que esa característica, en absoluto meritoria porque debe de andar latiendo en algún lugar de mi código genético, es lo que me lleva rescatando la vida entera de mi temperamento nervioso.

El doctor Carulla me había recomendado al doctor Gasca, que pasa consulta en Justice Avenue, y como yo había decidido confiar ciegamente en el doctor Carulla para acabar con mis dolores de estómago, mis agobios, mis miedos y todos los sintomillas asociados a esa cosa tan difícil de controlar que es la ansiedad, decidí que entre todos los miles de psiquiatras que hay en la ciudad de Nueva York yo iba a ir a uno de los que pillaban más lejos de mi casa, para añadir otro motivo de inquietud más a los que ya acumulaba: el de llegar puntual a su consulta.

El doctor Gasca me empezó a citar a las cuatro de la tarde. No sabía el doctor Gasca que ésa es, desde que abandoné la redacción de la radio y me propuse ser escritora y no guionista, mi hora de la siesta. Una de las costumbres españolas que mantengo inalterable. Creo que es algo que intervino en mi vocación literaria: un horario libre que me permitiera dormir después de comer, aunque si soy sincera, también me eché algunas siestas en el sillón de la radio, delante de la máquina de escribir. Yo la siesta me la puedo echar de pie.

Ahora, por ejemplo, se me cierran los ojos; siempre me da miedo dormirme y pasarme de parada, así que me mantengo con los ojos dolorosamente abiertos, acercándome de manera neurótica de vez en cuando al mapa a ver si voy bien o estoy yendo hacia el Bronx. No son miedos absurdos: recuerdo una noche que volvía a Manhattan desde Brooklyn y tomé el metro en sentido contrario. Creo que me fui camino de Rockaway, ese nombre que contiene para mí la dulce musicalidad de una de las películas de Woody Allen que más me gustan, *Días de radio*. Cuando me di cuenta de mi error y salí a la superficie me encontré como en las afueras de una ciudad, en uno de esos vacíos del paisaje urbano neoyorquino en los que plantas el pie en la acera al salir del metro y te sientes como un astronauta. Nada por aquí, nada por allá. Desconcertada, caminé hasta lo que parecía la entrada del metro hacia Manhattan, andando a paso torpe, como anda el astronauta camino de la nave nodriza.

Mi doctor no se echa la siesta, así que aquí estoy yo, un martes más, a esa hora en la que suelo ocuparme de enfriar el cerebro, que es la definición científica de echar una cabezada. En cambio, en este momento, con las neuronas ardiendo y adormiladas voy pensando en lo que puedo contarle a este señor para que no se me aburra. Siempre tengo la inquietud de que siendo psiquiatra en Elmhurst Hospital, donde hay traductores para enfermos en doscientos idiomas (¡doscientos!), este hombre de mirada dulce y empática esté acostumbrado a un nivel de trastorno muy alto y mis angustias le parezcan banales. Hasta el momento creo que la excentricidad que ha juzgado de más serio diagnóstico es mi empeño en seguir viniendo a Queens y no haber aceptado su amable ofrecimiento a buscarme otro médico en Manhattan. Ah, no, no, de ninguna manera. Yo confío ciegamente en el doctor Carulla y ahora confío ciegamente en Gasca. Aunque eso me obligue a comenzar este libro diciendo que voy a Queens. En metro.

Recuerdo la primera vez que estuve en su pequeño despacho. No me quité el plumas, el mismo plumas azul que me veo obligada a llevar todavía, porque el invierno está siendo desesperadamente largo y no hay manera de salir a la calle sin él. Así, con este plumas de un azul escolar, me senté en el sofá. Puedo jurar que los pies no me llegaban al suelo, pero que, de manera extraordinaria, las piernas se me han ido alargando mágicamente conforme he ido tomando confianza y en la última sesión las botas ya se posaron sobre la madera.

En aquella primera consulta me sentí exactamente como cuando nos hacían reconocimientos médicos en la escuela: sentada en la camilla, desarmada, con los pies colgando y bajando la cabeza, igual que el animalillo que se presta al sacrificio, para que el médico y la enfermera descartaran una invasión de piojos. Yo hubiera querido ponerle mi cabeza así al doctor Gasca, dejarme hacer, que me la mirara como el mago mira la bola de cristal y me dijera qué se podía hacer con esa parte de mi cuerpo que yo considero un error de fábrica. Pero el doctor, fiel a ese talante americano que, aunque sólo sea formalmente, muestra siempre una voluntad de consenso (entre profesor y alumno, entre médico y paciente, entre pastor y fiel), quiso que yo me adelantara a su diagnóstico y le dijera de qué manera creía que podía acabar con un mal que me ha mordido implacablemente durante años. Yo le dije que sólo creía en una solución drástica: desenroscarme la cabeza, vaciarle el contenido y dotar al cráneo de otro cerebro que produjera conexiones neuronales menos viciadas.

El doctor me dijo que trataríamos de aliviar los síntomas sin recurrir a la extirpación.

En aquella primera visita me comentó que tenía los informes que le había mandado su colega Carulla; sabía que yo era escritora, pero había decidido no leer nada mío: prefería que nos conociéramos sin las «interferencias» de la literatura. Y a mí eso me alivió porque hubiera sido una pesadilla que las sesiones se convirtieran en una

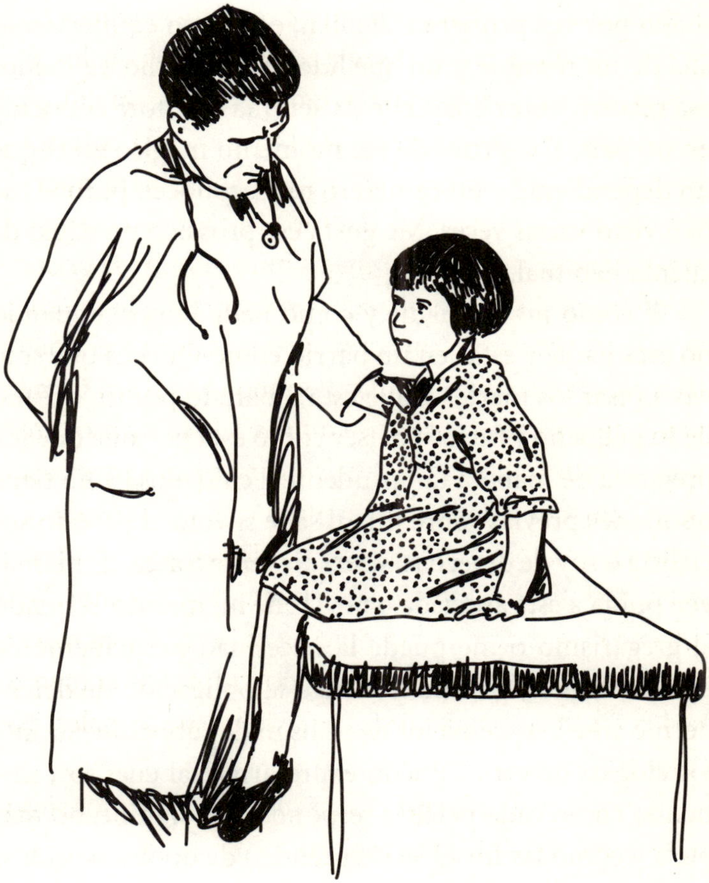

*Me sentí exactamente como cuando nos hacían reconocimientos médicos en la escuela.*

entrevista sobre qué hay de realidad en mi ficción o de si lo que escribo consiste, como los críticos dan en llamarla ahora, en literatura de autoficción. Por otro lado, esta ciudad ya me ha instruido suficientemente en la idea de no ser nadie, o ser sólo lo que uno muestra en el más inmediato presente: tal cual te presentas cuando das la mano por vez primera a alguien, con poco equipaje más allá de un nombre y un apellido. No, no echo de menos esa relativa notoriedad que da ser una escritora conocida en mi país. Y disfruto de ese momento mágico en el que un dependiente o un camarero me reconocen porque me han visto varias veces. Me gusta ese prosaico prestigio de clienta habitual.

Y como no soy nadie y como nada importa cuando no eres nadie y estás en un barrio como Queens que sólo vas a pisar los martes y que está separado por un océano de tu pequeño y furioso país, y como esta persona que me pregunta de manera tan prudente y cuidadosa y no tiene opiniones previas sobre mí, ni sabe si voto al partido socialista o soy de derechas, si soy creyente o atea, si mi imagen pública está asociada o no a la de mi marido, si tiendo al gregarismo o me puede la necesidad permanente de independencia, y como no tengo la obligación de defenderme ante los prejuicios de unos ni de ruborizarme ante los elogios de otros, puedo expresarme tal cual soy, sintiendo cómo cada palabra responde a su significado más puro y cómo las frases se desprenden de dobles sentidos:

Soy española. Vivo en Nueva York parte del año, concretamente, de enero a junio, ese semestre que de manera irónica llaman en la universidad americana «de primavera», porque con irritante frecuencia el invierno se acaba en mayo. Mi marido da clases de literatura en la Universidad de Nueva York. En teoría yo me quedo en casa, escribiendo. En la práctica me quedo en la calle, vagabundeando. De 2004 a 2006, los dos primeros años en esta ciudad, mi marido fue director del Instituto Cervantes de Nueva York. En teoría, en aquellos días también me quedaba en casa escribiendo, pero la soledad me pesaba demasiado y vagabundeaba.

Pierdo mucho el tiempo pero me justifico a mí misma aferrándome a la idea de que el vagabundeo es un alimento para la escritura. Creo que desde 2004 tenemos los papeles cambiados. A mí lo que de verdad me gustaría es que él se quedara en casa, escribiendo, cocinando, que también le gusta, escuchando los debates de la radio pública, y tener yo la obligación de irme a dar clases con una cartera colgada al hombro. Tener un horario. Me gustaría tener un horario en Nueva York, como tuve en Madrid hace años, y viajar en el metro con esa cara que se le pone a la gente cuando tiene un horario y lo ha cumplido y se queja de la vida rutinaria. En cambio, yo siempre tengo la cara del que se ha escapado de la escuela y, para colmo, no ha hecho los deberes. Me gustaría tener un horario y no tener que sufrir este frío criminal del mal denominado semestre de primavera, pero la cosa se ha dado así.

Llegué a la ciudad en 2004 y no creo que me acostumbre jamás a llevar esta vida repartida, pero como hay gente que afirma que envidia mi suerte y que qué afortunada soy pudiendo disfrutar de los dos mundos y que así te quitas de España que está insoportable últimamente, no suelo quejarme. Tampoco me quejo ante aquellos que consideran este ir y venir un esnobismo para que siga torturándoles la idea de que mi vida es una fiesta permanente.

He conseguido disfrutar y padecer un estado continuo de nostalgia que duele y satisface casi a un tiempo. Lo peor es que cuando decida volver definitivamente a

Madrid, porque un día volveré, dado que no me veo de vieja del Upper West apoyada en el andador Broadway arriba Broadway abajo, cuando vuelva a Madrid echaré de menos estos años errantes. Y tal vez entonces no me quede más remedio que separarme de mi marido porque él no encuentra ningún problema a un futuro Broadway arriba Broadway abajo, pero claro, carece de imaginación prospectiva como para verse a sí mismo con el andador. No nos parecemos. Yo soy capaz de visualizar la escena de mi fallecimiento: la habitación en penumbra, rodeada de mis seres queridos, yo pronunciando unas extraordinarias últimas palabras. A veces, en el colmo de la imaginación torturada, hasta me las preparo. Pero ese cuarto de moribunda nunca está en esta ciudad.

Eso sí, paradójicamente, cuando vaya con mi andador por alguna calle de Madrid recordaré estos años como los mejores de mi vida, a pesar de la ansiedad (que tal vez entonces ya habrá desaparecido) o de estos inviernos endemoniados que ya no puedo soportar y que tantas tardes me encierran en casa contra mi voluntad. Sí, a veces creo que vivo construyendo ese recuerdo: el de este tiempo en que escribo novelas o artículos en Nueva York. El de este tiempo en que a cada rato he de presentarme con la concisión con que se presenta el alcohólico a la Asociación de Alcohólicos Anónimos. Soy Elvira y escribo, y gracias a este raro oficio puedo permitirme esta vida de ritmo sincopado. Soy novelista, soy cronista de un periódico. ¿Sobre qué escribo cada semana? Sobre nada, escribo sobre nada, salgo a la calle y vuelvo a casa y escribo.

Puede que entonces, cuando haya regresado, recuerde cuánto se parecía esta contestación al espíritu de la serie «Seinfeld», que aún vemos todas las noches sabiéndonos como nos sabemos casi todos los capítulos de memoria.

Recordaré ese capítulo en el que Jerry Seinfeld y George Costanza están presentando su proyecto de comedia en la televisión y a la pregunta de los directivos sobre de qué versarán las aventuras de la serie los dos amigos responden: «Pues de nada.» Los ejecutivos de la tele no pueden entender que exista una comedia sin argumentos; no les cabe en la cabeza que la vida, a menudo, carece de argumentos, salvo que llegue la muerte para escribir un fin desconsiderado y definitivo. En mi caso, esa «nada» viene a ser todo aquello de lo que casi nunca escribe un corresponsal.

Cuando todo esto sean recuerdos, pensaré (apoyada en mi andador para evocarlos mejor) que esta ciudad es única para escribir sobre nada, para dejar que la literatura que nace de ella sea el resultado de emprender un camino recto del ojo al papel. Estas páginas, por ejemplo, caerán en manos de esos lectores caprichosos a los que de vez en cuando les gusta leer aventuras escritas a vuela pluma, sin principio ni fin, como la misma vida, pero he de confesar que el secreto de esta crónica es que está escrita para mí, para esa persona que yo seré en un futuro; escribo con la voluntad de atrapar algo de este presente que según escribo ya se me va escapando de las manos.

Leeré, en estas páginas escritas para la mujer que ha de vivir definitivamente en Madrid porque no quiero ser como esos escritores que se dejan la vida en aeropuertos, que voy a Queens los martes a ver a un psiquiatra que asegura no saber nada sobre mí pero al que yo no creo del todo porque estoy convencida de que el doctor Carulla le habrá hecho un resumen o un retrato. No creo en el secreto de confesión, ni de los curas ni de los psiquiatras. No cuadra con la condición humana: todos nos contamos casi todo. Leeré que el doctor me preguntó en la primera sesión si recordaba el momento en que empezó la ansiedad y que yo le respondí que la primera vez en que fui consciente de ella (aunque en aquel pasado no hubiera sabido ponerle nombre) fue cuando tenía nueve años. Y me recordaré a mí misma emboscada en este plumas azul, con los pies colgando y la sensación de que van a encontrarme piojos, explayándome sobre mi infancia, sobre los hechos que yo creo que contribuyeron a marcarme el carácter. Un autorretrato de mi niñez que mientras lo esbozo cobra extrañeza: los viejos temores infantiles cobrando vida en un pequeño cuarto que da a Justice Avenue cuarenta años después. Recordaré al doctor diciéndome, sin que en absoluto suene desconsiderado, que ya poco se puede arreglar de todo aquello, que conviene que nos centremos en aliviar esta desazón crónica.

En el fondo, siento alivio al verme liberada de la obligación del buceo en el pasado. Yo buceo sola y a menudo demasiado. También buceo en las aguas del futuro, que es más difícil. Y desearía carecer de imaginación prospectiva, para evitarme, como Antonio, una mente que siempre avanza dos o tres pasos más allá de lo que está ocurriendo. Lo que yo desearía en la vida es saber nadar por la superficie.

No tengo problemas en tomar medicación, le digo respondiendo a su pregunta, no es un tabú para mí. Soy relativamente aficionada a la farmacopea. Con mi amigo Lorenzo, boticario y científico de NYU, en donde investiga el estrés postraumático, suelo tener jugosas conversaciones sobre las bondades de la química. Me gusta leer los prospectos y en vez de médicos prefiero visitar al farmacéutico. Tengo un boticario de confianza en Madrid y la suerte de contar con Lorenzo aquí, que acierta con la píldora perfecta en cuanto le describo tres síntomas, e incluso me las trae a casa en mano, como si fuera el coreano que reparte comida china, a cambio de una cena y una copa de vino, una vez que él ha dejado a sus ratas blancas de ojos rojos dormidas dentro de sus jaulas y nosotros hemos dejado macerando la última página de un texto hasta el día siguiente.

Confío en los milagros de la botica, siempre y cuando, el doctor y yo estamos de acuerdo, esa medicación no me alivie de tal manera la ansiedad que anule mi necesidad de escribir.

Cuando el doctor puso fin a aquella primera sesión di un pequeño salto para poner los pies en el suelo. Nos estrechamos la mano y nos citamos para la siguiente semana. Cuando salí ya era noche cerrada en Justice Avenue. Mis ojos no veían entonces lo que han visto mucho después. Las primeras veces la zona me pareció tan hostil, una especie de autopista más que de avenida urbana con edificios a ambos lados, que no fui capaz de contemplar el barrio real que tenía ante mis ojos: la mezcla asentada de chinos e hispanos que hace que los letreros tornen de los caracteres chinos al alfabeto español de manera intermitente. Elmhurst. Según han ido pasando las semanas, aquel lugar inhóspito, feo y muerto se convirtió en un barrio, en un barrio como el que había sido el mío durante mi adolescencia. Siempre me pasa. En cuanto me familiarizo con un barrio periférico se me convierte en Moratalaz y Justice Avenue se transformó en Moratalaz en el momento en que mis ojos se acostumbraron a él: empecé a ver niños que volvían de la escuela, a ancianas que los llevaban de la mano, a vecinos hablando a las puertas de un economato chinesco y a gente que salía del metro con cara de derrota tras el día de trabajo. Gente con horario. Un barrio.

De vuelta a Manhattan voy haciendo memoria de mi conversación de hoy con Gasca. Antonio me preguntará qué le he contado. Cuando se trata de cualquier otra especialidad de la medicina se suele preguntar por lo que el médico te ha dicho, cuando vas al psiquiatra lo que intriga o inquieta es lo que el paciente le ha contado. Yo, como siempre, aprovecharé para introducir mi conocida tabla de reivindicaciones y le diré que le he confesado al doctor que no me gusta este semestre de primavera en el que me muero de frío, y que para sentirme ligada a una ciudad tendría que tener un horario. Y que él me ha comprendido muchísimo.

Salgo del metro y pongo el pie en Lexington. Es como si volviera a una ciudad en la que viví hace años. De hecho, así es. En 2004 vivimos en el Upper East. No en el Upper East distinguido. En el Upper East romo y tristón que linda con Harlem. Hay toda una mística construida por los turistas europeos con respecto a Harlem. Supongo que en nuestra mente aparece el barrio vivo, popular, canalla y musical que fue la patria de los músicos negros que venían del sur a Nueva York. Pero ese Harlem, si alguna vez existió tal y como nosotros lo imaginábamos, ya no existe, aunque ciertas asociaciones vecinales tratan de recuperar el orgullo perdido y promover lazos sociales que la droga o la misma pobreza habían roto. Es cada vez un barrio más seguro y, poco a poco, va prosperando y dignificándose el comercio, pero no deja de ser algo tristón, y cuando tiene verdadera bulla es porque se trata de una zona ruidosa dominada por puertorriqueños o dominicanos.

Recuerdo a nuestro amigo el hispanista Bill Scherzer comentar con ironía el empeño que tenían los españoles en visitar Harlem. Harlem, lo que fuera de Harlem, como si el nombre del barrio contuviera en sí un montón de promesas que se harían realidad nada más pisar la frontera invisible que lo separa de Manhattan. En una ocasión le dije que tenía la intención de visitar Mount Morris Park, porque acababa de leer la memoria novelada, *A merced de una corriente salvaje*, de Henry Roth, y uno de los volúmenes, *Una estrella brilla sobre Mount Morris Park*, hablaba de la aspereza que envolvió su niñez en esta zona del este de Harlem, entonces, en los años veinte, habitada por inmigrantes irlandeses e italianos. Bill me miró sorprendido, «¿A Mount Morris Park, por qué?» No hay que extrañarse por su extrañeza, ¿cuántos de nosotros hacemos una excursión por placer o curiosidad a las periferias de nuestras ciudades? De cualquier manera, pasado el tiempo, visité Mount Morris Park, uno de esos conjuntos vecinales de finales del XIX y principios del XX, y sí me pareció hermosa su hilera de casas con escalerillas a la entrada. Hermosa y languideciente. Ahora dicen que se está despertando poco a poco de aquella languidez, aunque hay algo, difícil de analizar, en Harlem, que le impide emerger como sí lo ha hecho Brooklyn o incluso Queens.

Un amigo americano me dijo un día a las puertas del que fuera mi primer apartamento, en la calle 93 y la Tercera Avenida, lindando con el Harlem más mortecino: «Esto parece Delaware.» Y aunque yo no había estado jamás en Delaware entendí perfectamente el sentido de su descripción y sentí una indignación seca, que no supe expresar salvo torciendo el gesto. Es mi alma de adolescente periférica de la gran ciudad la que provoca que los comentarios despectivos hacia los lugares con menos encanto me subleven. Pero, siendo sincera, a la hora de pasear, yo también optaba por las zonas más comerciales y vivas del este. Nunca me quedaba en ese Delaware que hubiera defendido como si fuera la tierra de mis antepasados.

Manhattan me hizo entender el mundo a través de los puntos cardinales, algo en lo que yo, con un desastroso sentido de la orientación, jamás había reparado. Ahora que vivo en el oeste puedo entender la manera tan singular en la que los barrios de esta ciudad dividen su personalidad según el sol incide sobre ellos. La gente del oeste (la mía, por así decirlo) suele observar con ironía a los habitantes del Upper East y encerrarlos en un estereotipo: blancos y ricos. Conservadores. Pijos. Por supuesto que hay gente que escapa a esta descripción pero basta con caminar una tarde por Lexington, Madison o Park Avenue para confirmar que el estereotipo responde a una realidad tozuda y evidente.

Sea como sea, a mí el prejuicio no me afecta. Disfruto de una condición privilegiada: soy neoyorquina por la familiaridad que siento ya con la ciudad y soy extranjera porque no tengo raíces aquí. Fueron muchas tardes caminando sola por estas avenidas para no experimentar ahora una cercanía emocional cuando paseo por ellas, a pesar de que me aburren enormemente las tiendas de firma de Madison, esa especie de catedrales de la moda en la que se ha de entrar con reverencia y donde suele haber tan pocos clientes que resulta imposible pasar desapercibido si entras a echar un vistazo.

Pero Lexington, sobre todo el tramo por el que paseo ahora, a la altura de la calle 70, ofrece una autenticidad que sólo los neoyorquinos nostálgicos y sensibles advierten. Si Madison huele al dinero de las ricachonas de paso,

Lexington huele al dinero del burguesote de costumbres asentadas. Suelo comenzar mi paseo en Corrado Bakery, que está en la esquina noroeste de la calle 70. Cuando vivía en el lado este, recalaba aquí para tomarme un café y un bizcocho de zanahoria, esa masa sólida y mullida, algo húmeda y coronada por una crema dulce de queso, deliciosa, que me hace preguntarme siempre a qué viene la sequedad de los bizcochos españoles, que si no se mojan en la leche se quedan pegados al paladar. En cuanto hace un poco de sol unas mesitas con sillas de forjado antiguo abrazan la esquina y a uno le parece de pronto que está en el centro de una ciudad de provincias.

Sí, eso es exactamente este entramado de calles que desembocan en Lexington: una ciudad de provincias con sus comercios sólidos y un poco anticuados. A las siete y media de la tarde todas las tiendas están cerradas. En Lexington no se acostumbra a relajar los horarios comerciales como ocurre en otras zonas más turísticas: éste es un barrio de gente de orden, que cena pronto y es poco propensa a la vida nocturna.

Los escaparates de la avenida, a esta altura, tienen un aire de establecimientos antiguos, de esa época en que todavía el lujo podía distinguirse de una ciudad a otra. «Henry Miller, Opticians», reza el letrero y, aunque la tienda está ya cerrada, en su interior se ve al óptico encorvado sobre la mesa donde manipula unas lentes. Puedo imaginar a sus padres, en los setenta, terminando un trabajo también a deshora y adoptando la misma postura de concentración, o incluso podemos ir más atrás en el tiempo, a los años veinte, cuando el óptico que le dio nombre a la tienda, Henry Miller, no podía sospechar que su nombre, nombre de óptico, acabaría por convertirse en una especie de marca de pensamientos obscenos.

Tiendas de manoletinas, dispuestas a la manera en la que antaño se mostraban los zapatos, en hileras de baldas sencillas que permiten mostrar toda la variedad de colores. Bailarinas o manoletinas que se anuncian muy astutamente como si fueran de procedencia francesa, lo cual cuadra con el lujo algo rancio y cursi de Lexington, pero que lo más seguro es que estén fabricadas en España. Un taller de zapatería que muestra en su escaparate hormas de zapato. Una barbería para caballeros diletantes. Tiendas de muebles caprichosos, de un historicismo a la europea, que busca distinguirse de la belleza ruda del mueble americano. Boutiques para señoras ajenas a las últimas tendencias pero adictas al buen tejido: blusones de pechera bordada con pedrería que bien podrían vestir el cuerpo de una Liz Taylor de los años setenta; ese tipo de mujer que quiere de pronto jugar al desenfado, incluso rozar el hippismo campestre, pero lo hace compatible con la pedicura, la manicura, el perfil cleopátrico en los párpados y unos cuantos joyones en los dedos.

Para valorar esta Lexington pobremente iluminada por la que avanzo ahora de camino al restaurante en el que he quedado con Antonio, hay que estar algo de vuelta de esa otra ciudad en la que sólo lo nuevo despierta expectación; también hay que tener tiempo para perderlo paseando por un entramado de calles que no ofrecen ningún elemento arquitectónico especial, salvo un encanto discreto. Pero yo creo escuchar el eco, en la fisonomía de su pequeño comercio, de un carácter muy marcado de vida de barrio que se resiste a extinguirse por completo.

Llego a Swifty's, ese restaurante que un editorialista del *Wall Street Journal* me definió una noche, mientras cenábamos, como «la quintaesencia del Upper East». No pude por menos que creerle, ya que él en sí mismo parecía ser también parte de esa indefinible quintaesencia. Me sientan en una pequeña mesa al lado de la ventana porque, como suele ocurrir siempre que vengo, el salón de dentro está copado por esos personajes que son la quintaesencia de Swifty's y del Upper East. Bebo un vino blanco mientras espero y pienso que, aunque esta mesa no sea el lugar reservado a los clientes estrella, es un rincón privilegiado desde el que observar el paseíllo que, en menos de una hora, comenzarán a ejecutar los comensales desde el salón interior hasta la puerta.

Llega Antonio y pedimos. La comida de Swifty's no contiene demasiadas sorpresas. Pero todo es bueno, sólido, en la tradición de Nueva Inglaterra: el tradicional pastel de cangrejo, las vieiras, la hamburguesa, en raciones que parecen ser el resultado de un pacto entre la desmesura americana y la frugalidad europea. Recuerdo que en uno de esos reportajes tan habituales en el *New York Times* que tienen la fascinante característica de abordar prolijamente temas banales que no puedes abandonar a media lectura, recomendaban este restaurante en un reportaje sobre dónde podían los universitarios llevar a los padres que venían de fuera después del acto de graduación. Lo definían como uno de esos lugares en los que un padre tradicional no se puede asustar. Un lugar en el que los forasteros pudieran encontrar en el plato lo de siempre pero servido de una manera elegante. Una definición que a este restaurante de paredes oscuras y pinturas a la inglesa de perros aristocráticos se le queda corta. El mismo periódico lo señalaba como un sitio muy salingeriano. Y algo de eso hay, porque al fin y al cabo J. D. Salinger, mucho antes de ser el escritor misántropo escondido en New Hampshire, fue un chico y un joven del Upper East. Aunque tampoco salingeriano sería, a mi juicio, el adjetivo más adecuado para este lugar de ricos de la vieja escuela.

Tras la cena, como si fuéramos espectadores sentados en un palco ante el mismo teatro de la vida, vemos desde nuestra mesa de advenedizos cómo van saliendo los elegidos. Los hombres visten un poco a lo capitán de yate: botonadura dorada sobre un blazer azul marino y esos zapatos que parecen zapatillas rancias de andar por casa con un escudo bordado en el empeine y que los hombres ricos algo extravagantes consideran el colmo de la sofisticación. La primera vez que vi a un hombre calzar esos zapatos que suelen lucir sin calcetines fue a un Botín, no al banquero, sino al hermano rico pero extravagante, y como yo entonces tenía menos mundo no pude dejar de mirarle las zapatillas.

Entre las señoras hay dos tipos: las que fueron operadas drásticamente en la época en que los cirujanos plásticos cortaban por lo sano, y esas otras que han conservado sus arrugas y parecen hermanas gemelas de la anciana Coco Chanel. Son ricas con pieles acordeónicas. Ante nuestros ojos desfilan chaneles, sí, chaneles que tienen ya varias décadas y que visten a ancianas amojamadas que tiemblan siempre un poco al andar, como si en el techo de esta pequeña pasarela, que va del salón de los habituales a nuestra mesa al lado de la puerta, estuviera un titiritero moviendo los hilos de estas mujeres con movimiento de marionetas que aún parecen más viejas cuanto más operadas están. De día, esas mismas mujeres u otras que se parecen a ellas como si hubieran sido esculpidas por el mismo fabricante, tienen por costumbre no quitarse las gafas de sol mientras comen. Sólo cuando miran la carta las levantan ligeramente y acercan al menú un monóculo tan vintage como ellas que llevan colgando del

*Hay señoras que han conservado sus arrugas y parecen hermanas gemelas de la anciana Coco Chanel.*

cuello. Pero el espécimen perfecto de anciana del Swifty's no mira la carta porque ya se la sabe.

Hay una relación intensa entre los habitantes del Upper East y las gafas. Es en ese complemento donde sitúan una seña de identidad que los define como burgueses excéntricos. Las mujeres lucen gafas enormes de concha. El tamaño de las gafas de sol aumenta en progresión geométrica según van cumpliendo años y en los últimos momentos de su vida llevan un modelo que prácticamente les cubre toda la cara. Los hombres swifty's no se quedan atrás con sus gafas graduadas: no le tienen miedo al grosor ni al colorido de la montura y a veces las lucen verdes, rojas, naranjas, gruesas y redondas. Tan llamativas que podrías pensar que están de broma si no fuera porque sabes que se toman sus gafas muy en serio.

Salen dejando un rastro de perfumes sólidos, que casi se puede ver, como en los dibujos animados. Ellos y ellas. Salen saludando al dueño, que también ejerce y viste de capitán de velero, y a clientes habituales de otras mesas que, por alguna razón que desconocemos, no fueron admitidos esta noche en el salón de los ilustres. Venimos aquí para comprobar que los personajes de las ilustraciones del *New Yorker* existen. No sé quién me dijo que en el guardarropa del Swifty's hay más bastones y andadores que abrigos. Cierto, muchos bastones y pocos iPods. Ancianas enjutas que salen al frío de la noche andando con el tembleque de las marionetas y hombres que abren la puerta de la calle como si salieran a la cubierta de su barco. Están algo borrachos. Se habrán bebido un cóctel antes del vino o un cóctel detrás de otro. Como nosotros.

Vamos un rato paseando del brazo antes de tomar un taxi. Yo maldigo el tiempo y me cubro con el plumas la boca. Antonio me habla de corrientes de aire cálido que van a cambiar el panorama a mediados de la semana que viene. Mis quejas continuas lo han convertido en un hombre del tiempo proclive a la información sesgada. Lo que en realidad me molesta no es el frío, que al fin y al cabo despeja y tonifica después de la cena, lo que me fastidia es que, una vez que los efectos exaltadores del vino se vayan diluyendo, cuando llegue a casa me tendré que poner delante de la pantalla para escribir la columna que debería haber entregado esta mañana. Lo más seguro es que no sea capaz y que me acueste con la idea de levantarme muy temprano. Dormiré mal. Lo veo venir. Ésa es la consecuencia de vivir en esta ciudad, sin horario, sin orden, a expensas del vagabundeo.

**Si quieres ver viejos ven a mi barrio**
**y Paseando a un niño gordo**

Una vez caminé y caminé hasta que se me rompieron los zapatos. Fue como hace cuatro años, en una semana de veranillo anticipado que disfrutamos en mayo. Me había quedado sola en la ciudad y preferí luchar a la intemperie contra la célebre soledad que azota al alma humana en las grandes urbes. Cuando llegué a la esquina de Duke Ellington Boulevard con Broadway camino del metro observé con agrado que un gran número de ciudadanos habían optado también por que no se les cayera la casa encima.

Creo que pasé prácticamente esa semana fuera de casa. O al menos eso es lo que me ha hecho creer Antonio, que como tiene más memoria que yo, se ha convertido en nuestro administrador del patrimonio de recuerdos. Nos dividimos el tiempo de la siguiente manera: él tiene la memoria y yo la imaginación prospectiva. Así que no tengo más remedio que fiarme de sus palabras cuando afirma que ni una de las veces en las que me llamó me encontró en casa.

Confieso que no podría haber perpetrado semejante hazaña sin la ayuda de quien fue mi *sidekick,* mi inestimable compañera de aventuras durante tres años, Teresa Iniesta. Si le atribuyo el papel de secundaria en nuestras aventuras es porque tiene dieciséis años menos que yo, porque entonces era becaria en el mundo laboral y porque yo la sentía como mi becaria en eso que se llama muy trascendentalmente la escuela de la vida. Teresa era una becaria con mucha disposición para aprender y yo, que no soy mezquina en compartir mi experiencia, me propuse darle un curso acelerado de zascandileo.

«¿Quieres que salgamos alguna noche a tomar un cóctel?», le dije apenas la conocí en un ascensor del Instituto Cervantes. Y ella dijo que sí, porque siempre decía que sí. Y yo se lo propuse porque, definitivamente, necesitaba una compañera. El plan, lo de ir a tomar cócteles, podía parecer sofisticado pero no lo era en absoluto. En Nueva York, a partir de las cinco de la tarde, cualquiera está dispuesto a tomarse uno.

El lugar elegido fue el Rose's Turn, un piano bar cutre del West Village que cerró en 2007, cuando comenzaron a sentirse los primeros azotes de la crisis económica y los locales morían de éxito. El Rose's Turn tenía cincuenta años de historia, allí habían hecho manos grandes pianistas del Music Hall y algunos jóvenes talentos dieron en su milimétrico escenario su primer do de pecho. Era un sótano oscuro, de techos bajos, como una cueva, con las paredes y el suelo pintados de un negro que camuflaba el cableado, la suciedad y los ratoncillos que a buen seguro corrían entre los pies de los clientes. Los clientes. Los clientes eran gays y bolleras en su mayoría, aunque los fines de semana también era frecuentado por grupos de cuarentones y cuarentonas que se desataban, bebían sin límite y querían llevarse a alguien a la cama a toda costa.

En el Rose's Turn los camareros hacían turnos para cantar, o por ser más exactos, los turnos los hacían para atender las mesas. La cantante más brillante de todos ellos era Terri White. Terri era una negra de complexión rotunda, tocha, que acentuaba aún más su masculinidad sirviendo copas y cantando vestida de cowboy. Nunca supe si era su atuendo habitual o si era una especie de disfraz artístico. La voz de Terri era tan poderosa como su aspecto y cuando dejaba a un lado la bandeja para interpretar una canción melodramática de Sondheim, por ejemplo, provocaba lágrimas entre el público. Ellos se abrazaban a ellos, ellas se abrazaban a ellas y las desmadradas cuarentonas se llevaban la mano al pecho. Si querías pasarlo bien habías de unirte al patetismo, no tenía sentido mirarlo sin implicarse. Así que cuando había que sufrir se sufría y cuando la cosa se ponía bufa tenías que hacer el payaso.

El payaso. De vez en cuando, algún espontáneo del público se decidía a cantar. Una noche, aún no entiendo por qué, a un cliente, borracho, heterosexual y patoso le dio por señalarme para que cantara algo. En ese sitio siempre me ocurrían cosas raras, otra noche advertí que los camareros no hacían más que mirarme de reojo desde la barra, hasta que un camarero rompió el misterio preguntándome si es verdad que yo era una Kennedy. Dijo que mi mandíbula no engañaba. Tenía que haber contestado que sí, como hacía mi padre cuando en los bares de carretera de Almería lo confundían continuamente con los actores americanos que trabajaban por allí rodando westerns.

La insistencia de aquel cliente borracho provocó que todo el local empezara a dar palmas vueltos hacia mí. La flor y nata del Rose's Turn jaleándome para que interpretara un bolero. No sé por quién me tomaban. Terri en persona tuvo a bien acercarse hasta mi mesa y levantó el brazo señalando el micrófono de pie que había junto al pianista. Esa mujer de facciones rotundas bajo el sombrero de cowboy, de camisa vaquera con lacillo al cuello y un torso compacto, que le unía el pecho con la barriga, más que invitarme me ordenaba que saliera al escenario. Parecía que si no me levantaba iba a empezar a tirar sillas.

Aún no entiendo cómo acabé delante del micrófono pero sí recuerdo que de mi boca sólo salió una frase: «Bésame, bésame mucho, como si fuera esta noche la última vez.» La pronuncié con acento americano, al estilo de como la interpreta Carmen McRae, o al estilo en que Aznar desde el rancho de Texas de su amigo Bush dijo aquella frase mítica: «Estamos trabajando en ello», pero más allá de pedirle dos o tres veces a un hipotético amante que me besara esa noche como si fuera la última vez, no conseguí recordar una palabra más. Enmudecí. Dejé el micrófono sobre el piano y pagué la cuenta lo más rápido que pude. El borracho fue el único valiente que aplaudió. Bueno, también mi amiga Teresa. Cuando salíamos de la cueva, Terri, que se estaba fumando un cigarro, me dijo: «No te preocupes, cariño, lo importante es poner el corazón en lo que se canta.»

Ni los cincuenta años que llevaba el Rose's Turn abrigando sueños, ni el hecho de que la guía Zagat lo considerara el piano bar con más encanto de la ciudad, ni la maestría de Terri, ni tan siquiera mi breve pero sentida aportación al cabaret pudieron hacer nada contra la clausura del local.

Ahí se perdió la pista de Terri White hasta que el *New York Times* contó el siguiente capítulo de su procelosa historia: tras el cierre, la cantante había empobrecido hasta el punto de verse durmiendo en los bancos de Washington Square, no muy lejos de la calle Grove, donde tantas noches había hecho llorar a un público entregado. El orgullo le impidió pedir ayuda a los amigos pero no así presentarse a un casting para el musical *Finian's Rainbow*.

Fue elegida, obtuvo grandes críticas y, como parece ocurrir sólo en las películas, salió de la miseria. Scott Fitzgerald dijo aquello de «no hay segundos actos en las vidas americanas». Vivir en Nueva York, entender un poco más de este país inabarcable sobre el que tan imprudentemente se generaliza, me ha hecho dudar de esa afirmación que yo tenía por cierta (tal vez por el crédito que se otorga a todo juicio derrotista). Pero ahora creo que es difícil encontrar un lugar en el que los seres humanos, tan furiosamente individuales y tan sometidos a la rudeza de un mundo para el que hay que ser de acero, logren levantar la cabeza una y otra vez, con una voluntad de no rendirse por completo que sobrecoge.

Hace poco, el 23 de julio de 2011, encontré de nuevo su rostro en el periódico: la víspera del domingo en el que el estado de Nueva York abría sus juzgados para la celebración de bodas gays. Terri, la mujer vestida de cowboy, se iba a casar con una joyera. Larga vida a esa pareja; larga vida a Terri; larga vida a este tercer acto en el que encontró trabajo, amor y una cama decente.

Aquella primera noche con mi becaria ingerí cuatro Cosmopolitans, la bebida absurda que esos cuatro tíos vestidos de tías que protagonizaban «Sex and the City» consiguieron colocar de nuevo en la lista de cócteles más populares. Puro veneno. El rosa del cóctel es colorante; el resto, una mezcla de alcoholes de dudosa calidad. Recuerdo, en el taxi de vuelta a casa, pronunciar con insuperable dificultad la palabra «Lafayette», la calle en la que debía dejar a la becaria, y sacar temerariamente la cabeza coronada por un gorro ruso por la ventanilla para sacudirme con el frío los efectos de aquella bebida criminal. El taxista me llamó la atención. Al parecer no son pocas las mujeres que, creyendo que el Cosmopolitan es una especie de inocente jugo de frambuesas aderezado con unas gotillas de licor, han muerto decapitadas en el taxi de camino a casa por haber sacado la cabeza por la ventanilla con un gorro ruso.

Pero me pierdo, me pierdo. Lo que en realidad quería recordar es aquella semana en la que caminé y caminé hasta romper los zapatos, como si estuviera siendo víctima de un encantamiento que me impidiera sentarme y sentir el cansancio. Fue después de cenar algo en el Florent. El Florent era un diner estupendo que había en la calle Gansevoort. Había, porque lo cerraron en 2008. El Florent estaba allí antes de que el Meat Packing District hubiera sido colonizado por Apple, Stella McCartney, Comme des Garçons o Alexander McQueen. El Florent había abierto sus puertas en el año ochenta y cinco, cuando el Meat Packing respondía de manera literal a su nombre siendo el distrito de empaquetado de la carne, y se había labrado una leyenda. El encanto del local, con cierto aire de cafetería retro, adornado con mapas antiguos, y el afán de su propietario, el francés Florent, de acoger a cualquier individuo a cualquier hora del día lo convirtieron en un lugar imprescindible para gays, drag queens, homeless, trabajadores de los almacenes y celebridades con deseos de encontrar cobijo en un lugar que emanara autenticidad.

Allí estábamos Teresa y yo, aquella noche de verano repentino, escuchando a un amigo gay que nos contaba con todo detalle sus conquistas, mostrando las dos asombro para halagarle, porque es lo que él esperaba de nosotras y porque daba por supuesto, como les ocurre a muchos hombres, como les ocurre a muchos hombres gays, que con su relato nos abría las puertas de un universo más excitante, más arriesgado que aquel en el que nosotras habitábamos. Le reíamos la gracia y dejábamos pasar el tiempo de manera indolente en la terraza que daba a esa calle de adoquines enormes, apisonados y llenos de socavones de soportar el peso de camiones y carros de descarga.

La noche fue engullendo los últimos rastros del sol y si no hubiera sido porque de las calles contiguas nos llegaba el rumor de una muchedumbre que acudía a restaurantes de moda y discotecas que ocupan naves enteras, pero a las que hay que entrar con santo y seña, hubiéramos podido creer que estábamos en un diner de un polígono industrial, en lo que verdaderamente fue Florent en un primer momento: una cafetería en la que convivían sin traumas la hamburguesa con la sopa de cebolla de los bistros. Como convivían el obrero que comenzaba a trabajar de madrugada y unos travestones a los que ya les asomaba la barba que andaban buscando un refugio en el que cerrar la fiesta del Orgullo Gay.

Aquella noche ya comentamos que era milagroso que aquel local estuviera resistiendo el azote de las marcas internacionales. La célebre historia de los barrios industriales transformados en zonas de solaz para modernos volvía a repetirse. Y, al fin y al cabo, el Florent era un lugar demasiado accesible para cualquier bolsillo.

Nos levantamos y emprendimos camino hacia la Novena Avenida para ir avanzando hacia el norte. Me acuerdo de que nos volvimos un momento, como si supiéramos que aquella tarde ya formaba parte de la historia, de la nuestra y de la ciudad. Las letras plateadas, escritas en una tipografía en cursiva, y el sencillo letrero de neón iluminaban un pequeño tramo de la calle. Delante mismo del restaurante había un gran socavón en el que se formaba un charco enorme cuando llovía: el luminoso rojo y el nombre se reflejaban en el agua quieta de ese callejón en el que apenas pasaban coches y el nombre del local quedaba dibujado en el suelo. La mezcla entre el neón y la irrupción de un elemento natural como el agua de lluvia producía una obra de arte efímera que se emborronaba cuando unos zapatos pisaban el charco; luego volvía lentamente a recuperar su forma cuando el agua recobraba la calma.

Un año más tarde, el dueño, Florent Morellet, anunció el cierre y los viejos clientes hicieron un duelo largo, de varios meses, escribiendo mensajes de condolencia a las webs y a las secciones de información local. A veces, los amigos de Florent, que eran muchos, vividores de toda condición, se presentaban en el bar para ver si podían hacer algo y, de paso, afanar algún souvenir antes del traspaso. El dueño tuvo que retirar los viejos mapas antes de que sus buenos amigos se los robaran, pero nada pudo hacer para que no desaparecieran piezas de la vajilla o la cubertería.

Los niños de los cuentos buscan esa luz en la ventana en la que suponen que encontrarán calor, felicidad, protección, buena compañía. Las mil lucecillas que colgaban del techo de aquel diner prometían todo eso. Y lo cumplieron durante veintidós años. Una vida larguísima en comparación con la corta existencia de la mayoría de los locales neoyorquinos. Ahora, sus nostálgicos pueden revivir las largas noches del Florent en un documental que cuenta la historia de un local en el que se celebraba el día del Orgullo Gay y el de la Revolución Francesa. Era sólo un bar pero esta ciudad ama todo aquel lugar en el que se propicia la relación entre seres humanos. Hay una necesidad imperiosa de comunicarse en los bares y una falta de pudor al hacerlo. Es natural que se sienta dolor sincero cuando el lujo expulsa al pionero, al activista, a quien más se merecía ese lugar en el mundo. Las luces en la ventana se apagan entonces y dejan fuera, desconsoladas, a esas aves nocturnas que acuden buscando un refugio en las horas más dramáticas del día.

Mientras subíamos por la Novena Avenida, mi amigo contaba, por poner un ejemplo, que en el Craigslist, esa especie de segunda mano cibernético, uno podía encontrar de todo, y que cuando decía de todo se refería a todo-todo lo que una mente perversa es capaz de imaginar. Mi amigo, periscopio de todas las tendencias, afirmaba que lo último a nivel «servicios sexuales a domicilio» era buscarte un chapero en las páginas del Craigslist; un chapero que fuera a tu oficina, te hiciera una mamada debajo de la mesa de trabajo, cobrara sus correspondientes emolumentos, y aquí paz y después gloria. Yo le decía que no lo veía tan innovador, al fin y al cabo, se parecía bastante a aquel otro sueño erótico-castizo de Rafael Azcona en el que se veía a sí mismo subiendo por una escalera de vecinos de las de la España de Franco. Hete aquí que en el tercer piso se encontraba con una señora de la limpieza a cuatro patas fregando el suelo (de cuando el suelo se fregaba así): la tomaba por detrás sin mediar palabra y, una vez terminado el encuentro sexual, continuaba el ascenso sin dar las gracias ni decir que tenga usted un buen día. De acuerdo que el sueño de Azcona se adecuaba a una realidad de los cincuenta (mujer agachada y finca urbana sin ascensor) pero la esencia venía a ser la misma: un polvo cuyo morbo radica en la falta de empatía, sentimientos y palabras.

Yo me hacía la escéptica con sus conocimientos mundanos para ver si conseguía que me confesara que él mismo había recurrido a los servicios del chapero del Craigslist especializado en ejecutivos sin tiempo, pero su atrevimiento no llegaba hasta admitir lo que realmente hubiera justificado toda su historia. Hay un tipo de personas que construyen su ego gracias a la prudencia de un público que suele responder en silencio a la narración de sus fantasías por la simple razón de que los espíritus fantasiosos suelen inspirar piedad, y Nueva York es el medio ambiente ideal para los fabuladores; su prestigio (a menudo justificado) de que es el lugar del mundo en el que todo puede suceder favorece el que haya gente que invente historias excéntricas para demostrar que está tocando el corazón de la ciudad. También es perfecta para aquellos que sienten la necesidad de estar a la vanguardia, de llegar donde otros no han llegado, de descubrir los bares a los que hay que ir o los barrios populares que, de un día para otro, se convierten en centro de atracción para jovencillos pioneros. Nueva York es una mina para los enterados, para los enteradillos.

La crónica periodística sobre la ciudad, muy atractiva pero también muy fantasiosa, contribuye a eso: siempre se habla de la mejor barra de cócteles de la ciudad, de ese restaurante al que hay que llamar con dos meses de antelación, del espectáculo que uno no debe perderse o de un sándwich que tienes que probar si es que quieres llamarte neoyorquino. Como resultado de este afán colectivo por estar a la última, es habitual observar cómo hay personas que llevando aquí sólo dos o tres meses se expresan ya como si estuvieran repitiendo de memoria la última sección que han leído de «Arts and Leisure» del *New York Times* o del *Time Out* y te adoctrinan sobre lo que hay que hacer, aquello a lo que hay que ir, lo que no te puedes perder y las experiencias que debes probar.

En cierto modo es normal que suceda en una ciudad a la que una parte importante de sus habitantes llega para realizar un sueño y tiene la necesidad imperiosa de sentirla en un corto plazo de tiempo como propia. Los de siempre, los neoyorquinos (hablo de los que conozco, claro) que nacieron o se educaron aquí suelen disfrutar de su ciudad de una manera más conservadora, viviendo a fondo el barrio que les tocó en suerte, construyendo su propio hábitat dentro de la ciudad para hacerla más habitable y sin sentir la necesidad de abarcarlo todo. Yo he optado por esa segunda manera de vivir aquí. Hubo un momento en que me di cuenta de que una manera de sentirme en paz e integrada era moverme a diario dentro de los márgenes de mi barrio, no entregarme a un desaforado turisteo permanente.

Pero en aquella semana de la que hablo, la semana en la que estaba sola, la semana del veranillo anticipado en la que me lancé a la calle y encontré que media ciudad había decidido lo mismo y que las aceras, las terrazas y los parques estaban llenos de gente harta del frío puñetero y de la noche prematura, aquella semana, caminé y caminé como una poseída, como alguien que hubiera hecho la promesa de no dejarse una calle sin andar, o como si estuviera siempre a punto de perderme algo en la siguiente esquina.

Tras tomar un BLT sándwich en el Florent me disponía a andar cien calles para llegar a mi casa, como si fuera lo más lógico que se puede hacer a partir de las doce de la noche. Unas tres horas de caminata. Pero yo no sentía el cansancio y no quería o no podía meterme en casa. Entramos al hotel Maritime, ese edificio de los sesenta que fue concebido como residencia para marinos y que está inspirado en la arquitectura de los trasatlánticos. Tomamos un Gin And Tonic en la terraza y vagabundeamos por el lobby, que es de los más cálidos que he visto en mi vida. Tras fantasear (yo también) con pasar alguna noche en una de esas habitaciones que en vez de ventanas al uso tienen ojos de buey, volvimos a emprender la marcha y al ir a darle un cariñoso empujón a mi amigo para frenar su cada vez más desatada imaginación se me separó la suela de goma del cuero de zapato. Me quedé sin suela, como si un ángel de la guarda me estuviera advirtiendo de que aquella semana loca debía tocar a su fin. Miré mi pie, sin poder creer que el zapato se me hubiera dividido en dos de aquella manera y traté de buscar una solución que me permitiera hacer esa excursión que tenía prevista de cien calles (unos ocho kilómetros) a las doce de la noche: ¡unas chanclas! ¿No es ésta la ciudad de las chanclas? Pero Teresa, la becaria que siempre decía sí, frenó por una vez el disparate y paró entre risas un taxi.

Cuando me metí en la cama sentía como si siguiera caminando, como si anduviera cruzando calles, alcanzando esquinas, escuchando el rumor de Florent de lejos o como si aún estuviera apoyada en la barra del hotel Maritime. Soñaba sin soñar, simplemente repetía desordenadamente todos mis pasos dados. Padecía una especie de fiebre urbana.

Al despertarme sentí dolor en todo el cuerpo, el dolor de seis días de caminata continua, y presentí que ya no volvería a experimentar esa excitación descontrolada. Fue un estado febril que me impedía descansar, un ansia de vida y de tiempo para vivirla que negaba el sueño. Sólo había conocido esa sensación alucinatoria una vez, de niña, a los nueve o diez años, en el pueblo, cuando permanecí despierta durante toda una noche en la celebración de un bautizo mientras mi madre ignoraba que me había quedado rondando entre adultos beodos que no parecían reparar demasiado en mí. Ella me hacía en la cama, con alguna prima de mi edad. Al día siguiente volví a la casa de mi abuelo y me situé frente a mi madre con la cabeza baja; ella reaccionó haciéndome completamente responsable de mi comportamiento, como solía ocurrir entonces. Me castigó sin salir de casa una semana, que era la sanción que yo más podía (y puedo) temer, más que una bofetada. Pero una fiebre providencial convirtió la bronca en cuidados y mimos, y esa semana la pasé en cama, con la mano fresca de mi madre tocándome la frente de cuando en cuando, tal vez sintiéndose algo culpable. Sí, creo que ahora puedo estar segura, se sintió culpable por no haber considerado que a veces son los adultos los que se desentienden de los niños.

Nueva York me devolvió, sobre todo en los primeros tiempos, sensaciones de franco descubrimiento del mundo y un anhelo de alargar el día que tenía adormecidos en mis últimos años de vida madrileña. Puedo afirmar que experimenté un rejuvenecimiento que me indujo en algunas ocasiones a comportamientos insensatos. Era como si no tuviera que rendir cuentas al mundo real (que es el de mi país, el de mi familia) de todo lo que me sucediera allí.

En la mañana que siguió a esa semana loca bajé a comprar leche, bizcocho de zanahorias, muffins, huevos, naranjas, tomates, todo aquello que despojara a la nevera de su vacío existencial. Ordené la casa, tiré a la basura las pilas de *New York Times* atrasados que aún estaban en el suelo junto a la puerta y sin leer. Me senté en el sofá y abrí el periódico: como si no hubiera roto un plato, a la manera en que fingía normalidad en la adolescencia cuando, tras estar unos días de viaje, mis padres volvían a casa. Traté de concentrarme en la lectura del periódico pero me quedé dormida, arropada por aquellas sábanas de papel con olor a tinta. Así permanecí, hasta que escuché que la puerta de la calle se abría y que él entraba. Toda mi existencia pareció cobrar entonces una deliciosa normalidad, como si los pedazos de mí misma desparramados por el sofá volvieran a colocarse en su sitio y conformaran de nuevo mi cuerpo, el mismo que se levantó hacia la puerta y le rodeó el cuello con los brazos.

Fue entonces cuando él dijo que ninguna de las veces que me había llamado al teléfono de casa me había encontrado. Y luego lo ha repetido muchas, muchas veces. Y tengo que creerle, porque yo nunca me acuerdo bien de las cosas.

De acuerdo, no es país para viejos. Ni para personas que no tienen el carnet de conducir. Pero esto ya se sabe. Por otra parte, ya se ha escrito y no merece la pena abundar en ello, que esta ciudad no es la América del insano aislamiento. Y el célebre y rancio recurso de idealizar lo rural y definir Nueva York como ese hormiguero en el que los seres humanos están solos como perros y sólo son capaces de dar sentido a sus vidas a través de las compensaciones económicas, se ha quedado anticuado poéticamente y, para colmo, no parece responder a la realidad. Los viejos de la urbe, si cuentan con un barrio por el que pueden pasear y con autobuses que les permiten no tener la obligación de tomar el coche para comprar el pan, son sin duda más felices, o por decirlo más apropiadamente, se sienten menos aislados que los del idílico campo.

A menudo los visitantes primerizos de la ciudad llegan a la conclusión precipitada de que aquí no hay viejos, y eso les viene al pelo para confirmar el título de Cormac McCarthy, convertido más allá de lo que contenga la novela, en una máxima, en un dogma de fe. Todo el mundo busca confirmar sus convicciones. No es país para viejos, afirman con frecuencia, y lo hacen como si fueran los primeros en pronunciar la frase mientras tomamos un café con tarta de queso italiana en el Café Reggio, que se encuentra en el corazón del área de la Universidad de Nueva York.

Cuántas afirmaciones no habré escuchado yo sentada en uno de estos viejos sillones de terciopelo y respaldos trabajosamente torneados. Cuántos de esos juicios implacables que se emiten tras observar la ciudad de manera superficial me han dejado preguntándome si la imagen de las ciudades o de los pueblos no depende de cuatro tópicos construidos y asumidos colectivamente por visitantes que llegan, pasan una semana, y quieren marcharse a casa con un equipaje de opiniones rotundas.

El hecho de que tantas veces se haya repetido esta misma conversación en el Reggio, un café de 1920 que se jacta de haber iniciado a los neoyorquinos en el arte del cappuccino, tiene su porqué: se encuentra a un paso de Washington Square, en el West Village, cerca del Soho, a un paso de Tribeca, en el centro del itinerario que suele patearse el visitante. Es aquí mismo donde descubre, entusiasmado, que Nueva York es también un entramado de callecillas con casas relativamente bajas, en el que todo parece estar hecho para enamorar al recién llegado: las pastelerías, las pequeñas boutiques caras pero con un encanto negligente y alguna librería, como Three Lives, en la que parece que están a punto de entrar o acaban de irse Lou Reed o Patti Smith.

Recuerdo haber pasado infinidad de tardes aquí, en el Reggio, divagando con los visitantes sobre el alma de la ciudad (o incluso sobre la del inabarcable país), escuchándolos sobre todo a ellos, sintiéndome cada vez más incapaz de afirmar o negar, porque según ha ido pasando el tiempo me he dado cuenta de que conocerla es aceptar que la desconoces, que hay algo en su más íntimo mecanismo que te es ajeno, de la misma manera en que uno siempre es un extraño sentado a una mesa entre los miembros de una familia que no es la tuya, por muy sincero que sea el cariño o la cercanía.

Los visitantes siempre dicen haber presenciado escenas definitivas y definitorias; sacan de inmediato conclusiones generales, tremendas y generales, y desean que yo les apoye en sus convicciones apresuradas. Y todas estas charlas suelen transcurrir con dos o tres raciones de tarta de queso y unos capuchinos sobre la mesa. Todos muy juntos por la pequeñez del local, pero también porque los visitantes, además de haber ejercitado el músculo de la sociología al máximo, suelen lanzarse a comprar como si estuvieran dando rienda suelta a sus últimos deseos, como si fueran a morir y antes quisieran gastarse la herencia de sus hijos, incluso de los que aún no tienen.

Un sillón sólo para las bolsas, otras bolsas más que nos colocamos entre las piernas, y una charla que oscila entre el consumismo irreflexivo de la sociedad americana (lo cual no deja ser cómico), la comida basura (que el visitante, por cierto, consume con fruición) y la idea dramática de que ésta no es una sociedad para viejos.

¿Dónde están los viejos aquí?, preguntan, ¿los tienen a todos desterrados en Florida? Y yo les respondo que si quieren ver viejos que vengan a mi barrio. También si quieren ver bebés, bebés a punta pala, aunque no tantos como en la zona de Prospect Park, en Brooklyn, en donde las madres constituyen un lobby amenazante, inspiradas por un espíritu castrense de entrega a la crianza y convencidas de que la maternidad ha sido inventada por ellas, o mejor dicho, la verdadera maternidad, la de la leche a demanda, la teta sin límite de edad, las hamburguesas veganas, los alimentos orgánicos y una entrega insensata a sus bebés a los que más que inculcarles con cariño un sentido de la independencia, se les instruye en la dependencia y el rechazo a los extraños. Un trabajo en balde, porque la inercia social aquí es tan poderosa, que sea como sea, el bebé habrá de convertirse en ese joven estudiante que se ha de marchar de casa a los dieciséis o diecisiete años para no volver jamás.

Pero los verdaderos protagonistas de mi Upper West son los viejos. Mientras pienso en ello, una teoría ilumina este recorrido desordenado por la ciudad: en un entorno tan cambiante como el neoyorquino, donde raro es que un negocio de cara al público supere la barrera de los veinte años y en el que se le concede tanta importancia a lo inmediato, al ímpetu laboral y al juvenil, hay que acudir a los viejos si se quiere encontrar ese punto en común entre lo que se ha perdido y lo que ahora se presenta como última tendencia. Es en esa intersección donde debe de andar el espíritu peculiar de esta ciudad.

Mi barrio es en sí mismo un país para viejos. Y para gente madura. Y para jóvenes que no necesitan estar rodeados de otros jóvenes sino que disfrutan de este ambiente residencial en el que nada es cool pero (casi) todo es auténtico. Los viejos de Manhattan suelen estar en el norte de la isla; los jóvenes, en el sur. Podría reproducirse sobre el mapa manhatteño aquella estampa clásica de las edades de la vida que adornaba las casas de comienzos del

*Hay que acudir a los viejos si se quiere encontrar ese punto en común entre lo que se ha perdido y la última tendencia.*

siglo XX. Una escalera ascendente que comienza en sus primeros peldaños con el nacimiento del bebé y el crecimiento del niño, que muestra en el escalón más alto el esplendor de la edad madura, y que va llevando al ser humano hacia la decrepitud según desciende hasta llegar al último paso de la vida, la muerte. Cuántas veces no miraría yo ese cuadrito en la casa de mi abuelo Salvador; cuánto no me enseñaría esa imagen sobre el inapelable proceso de la existencia en los años en los que yo, como cualquier niño, habitaba en la infancia como si se tratara de un estado eterno.

No de manera tan poética y rotunda, pero sí como una tendencia que salta a la vista, los viejos se dejan ver más en el norte de la isla. En el noreste, despliegan la extravagancia del dinero; en el noroeste, donde está mi casa, la dejadez indumentaria que está permitida en uno de los barrios más progresistas y claramente diversos de Manhattan. Cuando hablo de diversidad no me refiero desde luego a ese concepto engañoso que concibe la pluralidad como el abanico de distintas formas de ser moderno, ese multiculturalismo cool que se da en barrios transformados en escaparate de las últimas tendencias, sino a la convivencia real de distintas edades, de clases sociales y de razas.

Le pregunto a Julia Newman, una amiga vecina del Upper West, si ella no aprecia que los restaurantes de nuestro barrio son mucho más frecuentados por familias negras que los del Upper East. Se me ocurre la pregunta comiendo en Pisticci, un italiano estupendo, agradable y de ambiente confortable que hay en los alrededores de Columbia: a nuestro lado, está sentada una familia negra con claro aspecto de dedicarse a labores profesorales. No es la primera vez que aprecio en Pisticci esa presencia que no se da en otras áreas de Manhattan; vengo aquí algunos fines de semana por la noche, como mi amigo Pablo, un científico argentino que investiga sobre la memoria espacial en el hospital de la Universidad de Columbia. Los sábados en la noche se puede disfrutar de la actuación de una cantante discreta de jazz, que sabe hacer algo tan difícil como cantar de fondo, y también de esa diversidad de la que hablaba, que también se respira en otros lugares cercanos del barrio como Flor de Mayo, el célebre Carmine's o ese pub restaurante que tenemos a la vuelta de mi casa, Henry's.

Pienso en las razones de esa presencia vecinal de los negros. Es posible que confluyan muchos factores: un factor artístico, el Upper West fue, desde la creación del Lincoln Center, un lugar frecuentado por músicos, algunos de sus edificios emblemáticos se construyeron incluso con muros extra gruesos para que los artistas pudieran ensayar sin molestar al vecino; uno geográfico, el Upper West linda con Harlem; uno sociológico, el Upper West es, según esos estudios que concienzudamente se encarga de realizar el *New York Times*, uno de los barrios más progresistas y reivindicativos de Manhattan y, por último, uno puramente personal, basado en la observación, es infrecuente ver a familias negras en restaurantes cool y caros, pero sí en un tipo de establecimientos de precio razonable y comida contundente que abundan en esta zona tan poco poblada por modernos y turistas.

De ese tipo es Carmine's, que en su sede del Upper West se convierte los domingos en lugar de esparcimiento de familias negras que parecen venir, por lo impecables que visten las abuelas y los niños, de un servicio religioso. En Carmine's todo es enorme, el propio establecimiento y las raciones de pasta, que parecen pensadas a la medida de un Tony Soprano. Además de familias negras, también lo frecuentan ese tipo de italo-americanos que matizan el inglés con el acento del país de sus bisabuelos aunque jamás hayan pisado Italia ni sepan más palabras en italiano que cannoli, tiramisú o carbonara. No sé si envanecidos por la imagen que de ellos han dado el cine y la televisión, los italo-americanos adoptan siempre una actitud algo amenazante que te hace imaginar, tal vez injustamente, que se dedican a alguna actividad turbia.

Por su parte, Flor de Mayo es el restaurante al que acudimos nosotros cuando el cuerpo nos pide algo casero, y ésa es la pretensión que deben de llevar las familias negras que pueblan las mesas. Algunos son negros de origen caribeño, otros afroamericanos y, de nuevo, se sientan ante unos platos con raciones que, al menos nosotros, jamás hemos podido acabar, aunque ya no vivimos esa desmesura con culpa, porque nos llevamos las sobras, la célebre doggy bag, para comer de retales al día siguiente. Ají de gallina, arroz, frijoles, aguacate, y el mejor pollo asado (según la *New York Magazine*) que se encuentra en la ciudad. Esto de «el mejor de la ciudad» es una coletilla habitual de esa prosa entusiasta que adorna las recomendaciones culinarias de la prensa americana: ¡La mejor hamburguesa! ¡El mejor sándwich! ¡El mejor perrito caliente de Nueva York! Tan poderosa es la manera de comunicar el entusiasmo que es bastante habitual comprobar cómo cualquier joven, al poco tiempo de estar en la ciudad, asume como propia esa pueril catalogación de lo supremo y empieza a establecer su lista de números uno.

De cualquier manera, certifico que el pollo asado de Flor de Mayo merece un puesto elevado en un supuesto ranking de pollos asados. Aunque no es el pollo el único aliciente de este pequeño restaurante. Su aire de local modesto, la fidelidad de algunos clientes con los que vas coincidiendo, la amabilidad sin aspavientos de los camareros chino-peruanos y una gran pecera con peces de caras y colores extraordinariamente raros y de tamaño considerable para una función meramente decorativa lo convierten en un refugio apropiado para el invierno. Lo que aún no he sabido analizar es a qué se debe la afición de la clientela, sea cual sea su procedencia, a echarle vinagre a cualquier plato, a la ensalada, al célebre pollo o la patata rellena. Es un misterio cuya resolución no añade nada al espíritu de la ciudad, pero que a mí me tiene intrigadísima.

Y conviene, por qué no, glosar el Henry's, el pub enorme y soso al que vamos siempre que no tenemos ganas de ir a ningún sitio. La decoración podría ser la de un local de Virginia, de Delaware o de Washington. Tiene algo de americanismo decorativo en serie. La comida es buena pero no memorable como para recordarla cuando estás muerto de hambre o cuando en Madrid te da un ataque de nostalgia. Hay diversidad racial. Un público entradito en años que en los fines de semana se transforma en ambiente familiar. Unos cuantos habituales que conocemos de vista se acodan durante horas en la barra cada tarde-noche para entonarse sin prisa pero sin pausa a base de cervezas. Son las borracheras de largo recorrido tan habituales en los pubs neoyorquinos. Los sábados, un trío de músicos del barrio toca jazz con mucha elegancia. Los huevos Benedict de los fines de semana son abundantes y deliciosos. Es relajante comerse unos huevos con salmón y beberse un Bloody Mary mientras escuchas, por ejemplo, *Take the A Train*, sabiendo además que nuestro apartamento está sólo a cien metros y la dulce modorra de la salsa bearnesa y del vodka no se esfumará en el breve camino de Henry's al sofá.

Sin embargo, no es el lugar que le recomendarías a un visitante por ser precisamente el sitio que sueles elegir cuando estás desganado. Eso sí, no falla: cada vez que una de nuestras visitas está a punto de tomar el avión de vuelta a la patria la llevamos a comer al Henry's por su proximidad y la visita exclama: «¡Pero si este sitio es estupendo!» Y a lo mejor tienen razón. El *New York Times* podría hacer un extenso reportaje sobre esos lugares socorridos a los que uno va con tozuda insistencia pero que jamás recomendaría.

Estábamos en que estaba comiendo en Pisticci con mi amiga Julia Newman, documentalista, judía a la manera en que son judíos los habitantes del Upper West, lectora, culta, miembro de la asociación de la Brigada Lincoln y ser humano que desbarata todos aquellos tópicos sobre la frialdad americana, cuando le pregunté si no percibía que en nuestro barrio había más diversidad racial que en el lado este. Y se quedó pensando como si la pregunta tuviera una respuesta que no estuviera a la vista. Le hablé de los lugares en los que habitualmente encuentro clientes negros y me dijo que no solía visitar esos restaurantes tan de barrio (tan castizos). Me sonreí: definitivamente, para una persona algo sofisticada la desmesura del Carmine's es, con toda seguridad, algo hortera. Para mí también, pero repito: mi condición de residente no americana me concede el derecho a disfrutar de lo hortera o lo pijo sin vergüenza o remordimientos. De cualquier manera, que Julia no aprecie a primera vista esa diferencia de público entre los restaurantes de un punto cardinal y de otro no tiene nada que ver con la falta de sensibilidad, sino con esa especie de atrofia en la percepción que sufrimos cuando llevamos toda la vida viviendo en la misma ciudad. A menudo, no somos capaces de distinguir una peculiaridad que tenemos delante de los ojos hasta que un extranjero viene a señalárnosla.

Por fortuna, mi teoría sobre la diversidad real del oeste de Manhattan fue confirmada días más tarde por mi amiga Bisila, española, negra, de origen guineano, casada con un afroamericano y vecina también del Upper West: «¡Pues claro! A mí me miran con asombro cuando entro en algunos restaurantes del Upper East. Allí todo es blanco.» Pero Bisila, ajena a cualquier complejo de raza o minoría y ajena también al trauma de la esclavitud que tanto condiciona el comportamiento de los afroamericanos, adopta como yo la confortable posición de observadora en esta ciudad que ha visto nacer a sus dos niños y se limita a disfrutar del finústico encanto de esa zona blanca, en la que no vivimos ni viviríamos, pero a la que nos gusta ir de tanto en tanto de paseo.

Mi barrio es un país para viejos, para perros impecablemente peinados y abrigados, calzados con botas cuando nieva; para bebés desastrosamente peinados y desabrigados hasta cuando nieva; para negros de clase media; para estudiantes y profesores de Columbia; para mujeres maduras progres de pelos encrespados y rizados que no se tiñen las canas; para abuelas judías que te increpan a la mínima, por darle limosna a un homeless y fomentar así la mendicidad o por sacar el paraguas en un día de lluvia con viento. ¿A quién se le ocurre?

La otra mañana, mientras yo recogía la ropa de la tintorería del coreano de la esquina, una abuela se acercó a Antonio, que me esperaba con Lolita en la calle.

—Oiga, si no tiene usted quien le pasee a la perrita, yo puedo hacerlo.

—Gracias, pero tengo tiempo yo para sacarla a pasear.

—¿Es que está usted retirado?

—No, que trabajo en casa.

—Ah, ¿y cómo se llama la perrita?

—Lolita.

—¿Lo-li-ta? ¿Ése no era el título de una película que trataba de un depravado que abusa de una niña?

—Sí, pero bueno, antes de la película hubo un libro.

—¿En el libro cuenta que la niña tenía dieciséis años?

—Eso era en la película, en el libro tenía menos, unos nueve…

—Ya… —La vieja le miró de arriba abajo.

—Pero yo no fui el que le puso el nombre, fue mi mujer.

—Qué extraño, qué extraño… —murmuraba mientras se iba moviendo la cabeza de un lado a otro.

Abuelos judíos que acuden a su templo de abastecimiento alimenticio del Upper West, Zabar's, un supermercado en el que pueden encontrar todos los elementos para preparar aquella comida que procedía de unos y otros países de la Europa del Este y que ellos asumieron como propia cuando llegaron en los treinta, viéndole las orejas al lobo, o en los cuarenta, habiendo visto al lobo de cuerpo entero, y tomaron como lugar de encuentro los Delicatessen. El edificio Zabar's, con aire de casa tradicional alpina y considerado hoy un landmark, se mantiene casi tal cual lo ideara el matrimonio fundador, que llegó huyendo de los pogroms ucranianos y tuvo la audacia de ofrecer la máxima calidad en pescados ahumados, quesos, aceitunas, pastramis, bagels, comida kosher y, a día de hoy, en el que uno encuentra todo aquello que pueda soñar en materia culinaria, hasta Cabrales, que compra mi amiga Julia, desde que leyó en la edición americana de los libros de Manolito que el abuelo del héroe de

LOLITA
VLADIMIR NABOKOV

Carabanchel (Alto) es aficionado a comer bocadillos de tan exótico queso.

Compran los abuelos en Zabar's los ingredientes de siempre, pero se diría que quieren asegurarse a diario de la autenticidad de los productos, porque es habitual ser testigo de la escena más zabariana de todas: una fila de abuelos situados de cara a un muro de estantes, con las gafas resbalándoles por la nariz tremenda de los viejos, leyendo los componentes de tal o cual paquete, con la misma concentración que si entre las manos tuvieran la Torah y el mismo recogimiento de los ortodoxos ante el Muro de las Lamentaciones.

Para comprar en Zabar's hay que estar entrenado, hay que haber comprado mucho y saber esquivar el gentío, la determinación de una clientela que, como te descuides, gruñe en cuanto aprecia a un ser dubitativo que entorpece el paso. Para comprar en Zabar's te tienen que haber llevado allí desde pequeño, para que sepas buscar y encontrar en el caos de la abundancia. Yo soy incapaz de guiarme, acabo quedándome parada en un pasillo, víctima de empujones acompañados de sorrys y excusemes y tomando la decisión de intentarlo otro día, cuando tenga más tiempo y más ganas. Y ese aturdimiento zabariano me suele conducir unas calles más abajo a Fairway, en Broadway y la 74. Fairway es tan grande como Zabar's, pero por alguna razón, tal vez porque tiene un aire más parecido a un mercado o a un almacén de comida, me las apaño mejor o me siento menos intimidada.

Puede sonar extraño pero a mí entrar en Fairway me ensancha el espíritu. Entro a Fairway, cierro los ojos y siento como que acabo de poner un pie en la huerta del edén. Un aroma muy particular penetra en mis fosas nasales y el sistema olfativo le comunica al cerebro que estoy en el paraíso. Es un aroma que contiene infinidad de colores, formas y texturas: el olor de la albahaca fresca, el de la menta, el de los tomates de New Jersey, las berzas, el apio, el perejil, el de la tierra aún aferrada a las patatas, el del cilantro y el eneldo, el olor a monte del tomillo, el de las tiernas cebollas moradas, el brócoli, las coliflores, el olor a corteza de las calabazas, el olor húmedo de las lechugas de roble, el olor a hoja cremosa de la lechuga de Boston, el olor a cueva de los nabos, el olor a las cajas de embalaje en las que llega la fruta y la hortaliza, el olor picante de los rabanitos, el olor a raíz de la soja y de la alfalfa, el olor acechante y avinagrado de las aceitunas y los pepinillos que se cuela desde la sección contigua, y el olor del invierno que traemos los clientes de la calle, de la lana de los gorros y del cansancio, el olor del material aislante de los abrigos y el frufrú que emiten sus tejidos sintéticos cuando nos rozamos unos seres humanos con otros, aunque lo intentemos evitar y nos disculpemos una vez y otra.

Vengo al Fairway muchas tardes de invierno. Salgo a pasear para despejar la cabeza de una calefacción amodorrante y me pongo como objetivo el viaje al supermercado. Salgo entre la escritura de un artículo y la de un cuento. Entre la merienda y la cena. Y subo luego hacia casa cargada con la bolsa, ¡con los mejores raviolis rellenos de langosta de la ciudad! y un manojo de albahaca fresca, pensando en cómo voy a preparar la pasta y en cómo voy a rematar un cuento que ha de contener muchos diálogos porque me lo han pedido para representarlo en el Microteatro de Madrid.

Algún fin de semana, Antonio me convence para ir al otro Fairway, al que está en la calle 125, ya en Harlem. Cualquier cosa con tal de ir bordeando su querido río

Hudson. El Fairway de Harlem es toda una experiencia. Cuando entras en lo que denominan la zona del frío, la de la carne y el pescado, es aconsejable abrigarse con uno de los impermeables amarillos que cuelgan dispuestos en perchas si uno no quiere quedarse aterido. Sientes más frío que a la intemperie. Y luego, puedes comer en un restaurante que hay justo enfrente, llamado de manera muy gráfica, Dinosaur Bar-B-Que, para que nadie se llame a engaño con lo que se va a encontrar en el plato. Costillas que parecen, efectivamente, de dinosaurio, salchichas ahumadas, hamburguesas con queso rebosante. Una fábrica de calorías en un ambiente rudo pero agradable, frecuentado en sus horas nocturnas por chicas «honky tonk», uniformadas con vestidos reventones, sexys, muy pintadas y (dicen) que abiertas a las aventuras ocasionales.

Dice mi amigo Xavi Menós, ese joven que se pasa el día detrás de una cámara o delante de un ordenador, que en Nueva York tienes que compensar las tentaciones calóricas a las que te rindes con frecuencia con el ejercicio. Cuando yo conocí a Xavi, mejor dicho, cuando él me reconoció en el metro, me saludó y comenzamos a hablar, era un chaval delgado, en cuerpo y alma, así lo hubiera definido yo de no ser porque soy observadora y un día, cuando ya éramos amigos y nos frecuentábamos bastante, reparé en que cualquier conversación que mantuviéramos acababa derivando hacia la comida. No cualquier comida sino toda aquella que es tan deliciosa como rica en calorías. Y me di cuenta de que pertenecía a ese grupo específico de seres humanos que fueron gordos o gorditos en la infancia y pasan su vida adulta luchando contra su niño gordo interior. Él me lo confirmó. Yo fui gordita, pero mis hermanos se encargaron en agrandar el adjetivo y cuando querían ofenderme me llamaban gorda, o aún peor, la gorda, como si sólo pudiera haber una en la familia y me hubiera tocado a mí representar ese papel. Tanto me ha pesado en la vida aquel insulto, tanto crédito le di, que al contrario de lo que le ocurría al crítico Ciryl Connolly, un gordo que decía tener un flaco dentro pidiendo auxilio, yo aún sigo acallando los gritos de mi niña gorda interior, que amenaza de vez en cuando con rebelarse y asaltar a mano armada una pastelería.

Es curioso que Xavi y yo, tan proclives al hedonismo, cimentáramos nuestra amistad sobre la base de dos experiencias desgraciadas. Nos conocimos a comienzos de junio de 2006. Él comenzó a estudiar en Nueva York, con su beca de la Caixa y yo pasé aquel verano en España, y no volví hasta primeros de octubre, tras haber vivido una amarga polémica a cuenta del pregón de la Mercè, que había sido invitada a pronunciar por el alcalde de Barcelona en nombre, imaginaba, de todo el ayuntamiento. La historia es bien conocida en España: una semana antes del pregón, Esquerra Republicana, uno de los partidos que conformaban el célebre tripartito que gobernaba Barcelona, empezó a montar bulla contra mi discurso en castellano, alentando a nacionalistas de todo pelaje a manifestarse ante el ayuntamiento cuando yo hiciera mi entrada.

Mi entrada la hice en un coche de cristales ahumados. Ellos no me pudieron ver a mí, pero yo sí pude observar a esas ciento y pico personas que portaban paraguas negros (en luto por el catalán) y me conminaban a leer mi pregón nada menos que en África. Aunque procuré no intoxicarme con todas las inexactitudes que en aquellos días se dijeron y se escribieron sobre mí (la más sorprendente era que yo había asegurado, no sé dónde ni cuándo, que el catalán era un dialecto) no pude evitar que a mis oídos llegara mi nombre manoseado: por aquellos que aseguraban que no se trataba de nada «personal» contra mí, y por esos otros que, aún más mezquinamente, aprovecharon la coyuntura para arremeter contra mi trabajo y poner en duda mi altura intelectual para leer un pregón.

En esas ocasiones, se aprende mucho sobre el ser humano. Para empezar, sobre ese que te resulta más familiar de todos, uno mismo, pero al que no se acaba nunca de comprender del todo. Me di cuenta de que la buena educación y las ganas de agradar me habían llevado en la vida a aceptar compromisos que me perturbaban, interrumpían mi trabajo y aumentaban mi ya de por sí extrema tensión nerviosa. El que no se me considerara arrogante, el que no se pensara que despreciaba un honor o un ofrecimiento, me hacía tomar decisiones muy equivocadas. Fue un error decir que sí. No me suelen gustar los discursos: ni pronunciarlos ni tampoco escucharlos. Y también fue un error no negarme a leerlo cuando, en las vísperas del evento, me vi envuelta en ese huracán, que ahora, con el tiempo, se me antoja absurdo, estéril.

Sería exagerado e inexacto afirmar que aquel asunto desagradable me cambiara el carácter de manera radical, pero sí he puesto más empeño, desde entonces, en aceptar sólo aquello que pueda afrontar con convencimiento y alegría. También he procurado mantenerme lejos de ciertos honores políticos que puedan convertirme en un centro indeseado de atención.

Aprendí, siempre se aprende, de los otros. De la práctica tan humana (iba a escribir «tan española», pero sería tópico) de atacar al que ya está en el suelo para que no se levante, para darle la puntilla. Algunos comentarios, cómo no, estaban aliñados de los clásicos recursos misóginos. Otros, incluso pretendiendo ser amables, rezumaban un paternalismo que en momentos como ésos resulta tan doloroso como un pellizco de monja. Por aprender, aprendí incluso de la actitud inoportuna de aquellos amigos o conocidos que me instaban a comportarme de tal o cual manera, como si la vapuleada que era yo tuviera entonces la capacidad de pensar cabalmente.

El siguiente otoño, cuando ya estábamos en Nueva York y algunos amigos nos pedían que les contáramos cómo habíamos vivido el episodio, Antonio solía concluir con un «me la traje aquí para que se recuperara». A mí, ese «me la traje» me irritaba, porque mostraba sin tapujos a los demás mi vulnerabilidad y el trauma derivado de aquel suceso. Pero sí, observándolo todo como si le hubiera pasado a otra, después de casi seis años, puedo reconocer que él me trajo a Nueva York y que fue aquí donde gracias al sentimiento de lejanía, a la decisión de vivir en otro mundo parte del tiempo y de construirme una vida medio secreta y apacible sin que estuviéramos ligados a ninguna tarea cultural española, me fui recuperando de algo que otros, más curtidos que yo en polémicas, habrían abordado sin sentir, como yo sentí, dolor de corazón.

Pero también probé el sabor del cariño de los desconocidos, que se apresuraron a escribirme y me sirvieron de bálsamo. Muchos. La mayoría de ellos, catalanes. Y entre esos catalanes estaba Xavi, el chico que yo había conocido en el metro el día mismo en que llegó a Nueva York y al que le dejé escrita mi dirección de correo electrónico por si necesitaba algo. Xavi, tan apasionadamente catalán que se sintió como si hubiera sido su propia familia quien me había hecho ese feo inaceptable, me recibió ese otoño en Manhattan con varios regalos para tratar de curar la herida. Decía muy inocentemente: «No te conocen, ellos no te conocen.» Y yo, de manera irónica, le contestaba con la misma muletilla con que ciertos políticos justificaban sus ataques contra mi presencia: «Eso no importa, Xavi, entiende que no es nada personal.» ¡Ja! Qué absurdo: los ataques contra alguien nunca son abstractos, siempre hieren personalmente.

Pero tuve la oportunidad, aunque fuera por una circunstancia indeseable, de corresponder a su cariño.

Llegó la Navidad y Xavi escribió en su blog un texto con pinceladas de humor blanco sobre cómo las diferencias sociales se palpaban en las celebraciones navideñas de su pueblo, Sudanell (Lleida). Malintencionadamente, algún paisano suyo difundió el texto promoviendo también la idea de que era una falta de respeto inaceptable hacia el pueblo. A partir de ese momento comenzó la pesadilla: algunos clientes habituales del bar de los padres de Xavi dejaron de acudir a tomar el café diario, y los mozos, para las fiestas locales, produjeron una camiseta en la que se podía leer «Xavi, Maricón».

Nadie puede imaginar la tensión que vivió él esos días, tan lejos de casa. Escribí a sus padres pidiéndoles que no cometieran el error, tan tristemente habitual, de empezar a comprender la agresividad de la buena gente y a culpabilizar a su hijo tachando su comportamiento de imprudente. Aquella carta estableció un lazo de afecto Sudanell-Nueva York que se consolidó cuando Xavi celebró su graduación en la New School. De la misma forma que todos los graduados invitan a sus padres, Xavi invitó a los suyos, recién llegados de Lleida, a un restaurante del Village, el Café Loup, que le pareció que les iba a impresionar sin abrumarles: un bistro que carece de las pretensiones que se gastan otros mucho más solicitados, como Balthazar, pero que disfruta siempre de ambiente alegre, una comida franco-americana estupenda, bastante parecida a los bistros de moda, y a precio más razonable. A la mesa estaban el graduado, unos padres cuyos rostros oscilaban entre el orgullo y el susto, y Antonio y yo, convertidos ya, por la ley indiscutible del afecto, en tutores del muchacho. El envaramiento y la timidez de los padres se fueron disipando cuando el hortelano de Lleida y el hijo de un hortelano de Úbeda comenzaron a hablar de tierras y cosechas.

No, no es necesario irse lejos para sacudirse los capítulos desagradables de la vida, pero es cierto que la distancia ayuda a no engolfarse en el dolor que provocan. El tiempo los ha triturado, el suyo y el mío, dejando tan sólo el hueso del recuerdo, algo duro pero incorporado ya a la experiencia de forma (espero) saludable. Es traumático sufrir el rechazo o el insulto pero si se trata de elegir una desgracia del pasado en la que regodearse una de esas tardes melancólicas en las que te sientes lejos de casa, mejor elegir algo más noble y menos ridículo.

Aquellos episodios fueron sustituidos por otros en nuestras conversaciones, por su trabajo, tan estrechamente ligado ahora a la ciudad de Nueva York, y por el mío. Y ahora nos encontramos con mucha frecuencia, viene a casa a comer mis paellas, que Antonio enumera como si fueran sinfonías, porque empecé a cocinarlas aquí, en Nueva York gracias a que compré mi primera sartén de paella en Despaña, una tienda de productos españoles del Soho.

Mientras comemos y comparamos la paella número 10 con la número 7, yo le digo a Xavi que no debe trabajar tanto, que la vida privada forma parte del aprendizaje; él me dice que si quiere triunfar en esta ciudad tiene que entregarse a sus ocupaciones sin horarios; yo le digo que en qué consiste ese triunfo; él me dice que sueña con comprarse un apartamento; yo le digo que bien, pero que no corra tanto. Y como esa conversación se agota y se repite, como se agotan y se repiten las conversaciones con los padres, comenzamos a hablar de comida. Hablar de comida mientras comemos. Algo que indefectiblemente ocurre si a la mesa nos sentamos españoles.

Alguna vez hemos pensado en hacer una guía para gordos. Para gordos que lo son en el presente y para los que tienen el corazón de un niño gordo latiendo dentro y quieren dejarle hablar durante unos días. La suma de Gordura y Estados Unidos parece estar destinada a dar como resultado Comida Basura, pero en el caso de los lugares que barajamos para esa guía (que nunca haremos) no tiene por qué ser necesariamente así. Se nos ocurren platos y dulces recomendables para gordos, o para que se relaman los niños gordos que nos laten dentro, que, aun siendo insanamente calóricos, se merecen que elevemos siquiera un poco el colesterol por ellos.

Un día cualquiera para gordos, en esa guía no escrita, podría desarrollarse así:

Se debe comenzar desayunando bagels. En Nueva York hay bagels en todas partes, pero Xavi propone Murray's. Yo, que creo que bagels y exquisitez son dos conceptos antagónicos, me conformo con Absolute Bagels, el más cercano a casa. Estamos de acuerdo en que el bagel ha de ser de pumpernickle, o sea, el negrito, estar recién hecho, aún caliente, y relleno de abundante salmón ahumado y crema de queso. Lo ideal es desayunar acompañado y compartir un solo bagel con tu pareja, pero si hemos de vérnoslas en soledad con ese bollo (delicioso cuando está caliente y ladrillesco cuando está frío) es mejor que hundamos nuestras penas en la masa y nos enfrentemos a la idea de ser gordos solitarios. Nada más americano. Para tragar un bollo tan contundente pediremos un café king size, del tal manera que todavía nos quede algo cuando salgamos del establecimiento y así podamos pasear con el vaso de papel en la mano, dando sorbitos cada poco, y sintiéndonos completamente integrados entre unos seres que han adoptado como una de sus señas de identidad más características la forma más incómoda y absurda de tomarse un café.

Por fortuna, del desayuno se sale sin culpabilidad. Es la comida del día en la que están recomendados los hidratos de carbono, la hora en la que necesitamos llenarnos de energía (bagels) para afrontar una jornada en una ciudad no apta para holgazanes.

Salimos de Murray's o de Absolute Bagels preparados para comernos el mundo, que es algo que en vez de engordar, adelgaza, y echamos a andar sintiendo que tenemos la batería intacta. Pero al cabo de dos horas recordamos que, según dictan los nutricionistas, una dieta equilibrada consta de cinco comidas al día, así que, dispuestos a seguir los dictados de la ciencia de la salud, nos encaminamos a Levain Bakery, donde hornean, según los expertos (en este caso Xavi y yo de acuerdo al cien por cien con la guía Zagat), ¡las mejores galletas de la ciudad!

Levain es un horno de pan y galletas del Upper West. Regentado por una pareja de lesbianas (obviamos el consabido chiste sobre bollería) se ha ganado la devoción de la vecindad. El establecimiento es encantador, con toques de panadería antigua y unos empleados jóvenes y lustrosos que te tratan como si fueras el único cliente que ha entrado esa tarde, aunque tengan una cola que llega hasta la calle. Cuando hablamos de galletas no estamos refiriéndonos a esas piezas diminutas e idénticas que uno come en uno o dos bocados. Las galletas de Levain son enormes, irregulares, feotas, con una cualidad volcánica, pero en el mágico momento en que se hincan los dientes en ellas, sobre todo si es en la Double Chocolate, es aconsejable cerrar los ojos para apreciar sin distracción las diferentes texturas de esta pequeña obra de arte: la galleta arenosa, las pepitas de chocolate duro y esa lava ardiente de crema de chocolate que brota cuando muerdes el centro de ese planeta volcánico y que te inunda el cielo de la boca. También preparan scones, unos panecillos de avena muy populares, de tradición británica, que compro a menudo para Antonio, al que también le gusta alimentar a su niño gordo, pero es un niño gordo de gustos más tradicionales, de aquellos niños antiguos que tomaban helados de mantecado o de turrón y que, como buen hijo de hortelanos, se relamía con la fruta. Lo que vendría a llamarse un niño gordo del pasado.

Hay un banquito en la puerta de Levain, como suele haberlo en muchas panaderías, porque para el neoyorquino la galleta es una tentación que ha de satisfacerse de inmediato. Y allí, o bien en las escalerillas de entrada de las preciosas casas de ese tramo de la calle 74, se sientan los clientes aunque haga un frío cortante, y en dos bocados, como si se tratara de una galleta diminuta a la europea, dan cuenta de ese fabuloso meteorito.

La manera en que yo afronto las tentaciones de Levain Bakery es sencilla: voy andando desde mi casa, treinta calles hacia el sur, que serán unos dos kilómetros, y vuelvo por mis pasos, otros dos kilómetros, con el bolso lleno de galletas. El paseo deja el nivel de culpabilidad bajo mínimos. En cuanto al nivel de adaptación a las costumbres americanas, diríamos que Xavi es un integrado, que se come la galleta en dos bocados en el banco, y yo una inadaptada: no disfruto comiendo en la calle y detesto beber mientras camino. Si se trata, para colmo, de una bebida caliente he de confesar que tendría que volver a nacer para hacerlo sin sentirme ridícula. En la calle sólo sé comer helados, como es natural.

A la hora de la comida, en esta dieta para gordos urbana (dado que todo esto ha de ir acompañado con un ir y venir de un lado a otro de la ciudad caminando o en metro, a fin de recibir las calorías como una recompensa bien merecida al esfuerzo) no cabe más remedio que concentrarnos en la hamburguesa. No creo que a estas alturas haya nadie con dos dedos de frente que la desprecie por motivos ideológicos, aunque estos ojos míos han observado cómo acérrimos practicantes del antiamericanismo se rendían con el primer bocado de una hamburguesa de carne sabrosa, e ingiriéndola como si estuvieran siendo bautizados con agua del río Jordán, abrían los ojos por vez primera de manera inocente hacia las virtudes de este país, que las tiene, a pesar de estar tan recubiertas de tópicos que a veces cuesta reconocerlas.

Xavi propone la hamburguesa de Shake Shack, catalogada por la *New York Magazine* en 2008 como ¡la mejor hamburguesa de la ciudad! A mí Shake Shack me viene estupendamente, ya que tiene una de sus santas sedes frente al Museo de Historia Natural: cerca de casa y en mi tramo favorito de la avenida Columbus. Lo único que tengo en contra de estas hamburguesas es la cola que indefectiblemente hay que hacer para comérselas. Una cola que a veces da la vuelta a la esquina y que los neoyorquinos guardan con disciplina porque es un país obsesionado con las colas, no sólo con respetarlas sino por situarse, como en el colegio, unos detrás de los otros, sin tonterías. Eso de pedir la vez en un establecimiento pequeño no ha llegado a prosperar, si es que alguna vez algún inocente lo intentó. Es tal la devoción por las colas que en invierno, llueva, nieve, o tenga lugar uno de los dos fenómenos combinado con viento, me veo con frecuencia a la intemperie, esperando mi turno en Silver Moon, mi panadería de al lado de casa, porque a nadie se le ha ocurrido que si nos pidiéramos la vez los unos a los otros no sería necesario mantener la perfección en la cola, hasta el punto de que a los últimos de la fila les toca esperar en la calle con el paraguas o el gorro puesto.

Yo no sé si la mejor hamburguesa de la ciudad es la de Shake Shack. Ya digo, ésta es una ciudad obsesionada con las filas y también con las listas de éxitos, pero la realidad es que hay tantas hamburguesas como restaurantes y muchas de ellas son memorables. Las críticas que se hacen en la prensa sobre las hamburguesas suelen diseccionarlas al milímetro, analizan no sólo la calidad de la carne sino la del queso, la cebolla y las patatas fritas que las acompañan. Las patatas son fundamentales. Se habla de las patatas no como mero acompañamiento sino como algo que puede poner en tela de juicio el conjunto del plato. Sin duda, las de Shake Shak son notables y la ración es abordable.

Al contrario que los neoyorquinos, que se quejan furiosamente en los comentarios de las webs cuando la ración es pequeña, yo valoro el que se me sirva un plato comedido, que pueda comerlo entero; por eso, entre otras cosas, me gustan las hamburguesas de P. J. Clarke's. Por eso y porque no entiendo eso de valorar una comida en un restaurante sólo por lo que te sirven en el plato. Para eso se queda uno en casa y en su país, donde se suele comer estupendamente. Esa mentalidad del experto culinario me parece insoportable, y más aún en Nueva York, ciudad en la que los elementos estéticos y decorativos de los establecimientos son esenciales. Cuando estás triste, cuando necesitas de una clientela bulliciosa que se agolpe en la barra para beber una cerveza tras otra mientras se espera mesa, hay que ir al P. J. Clarke's. Hay que meter un cuarto de dólar en la ranura del jukebox y elegir una de esas canciones de la historia de la música pop americana que le ponen a uno melancólico y alegre a la vez, porque evocan un tiempo perdido pero no dejan de provocarnos entusiasmo cada vez que las escuchamos.

Hamburguesa en P. J. Clarke's o en J. G. Melon, otra taberna al viejo estilo que, al estar más al norte, es menos frecuentada por jóvenes ejecutivos del Midtown o por turistas, y atrae a un público de barrio, que es parte del atractivo del local, y a algunas celebridades fieles a la hamburguesa y al Bloody Mary de este pequeño establecimiento en el que no te queda más remedio que rozar al de la mesa de al lado. Los camareros del J. G. Melon presumen de tratar con el mismo afecto rudo a todo el mundo. Y así es, puedo asegurarlo. Camareros de la vieja escuela, sin teatrillos de aspirante a actor, sin amabilidad excesiva, pero dispensándote, con dos palabras y una mano sobre el hombro, un familiaridad que conmueve. La de J. G. Melon también fue considerada en el pasado como ¡la mejor hamburguesa de la ciudad! Es natural, de cualquier manera, que alguien joven como Xavi se decante por el último grito en hamburguesas y yo me sienta atraída por los clásicos.

Lo clásico no sólo en el universo de la carne, también en el dulce, porque si hay algo fundamental en una ruta de gordos es la merienda.

No hay merienda sin donuts y aún tengo en la boca el sabor del agujero de uno de Crème Brûlée que me compró Xavi, fiel devorador de estos bollos que, según cuenta la leyenda, se hicieron en forma de rosca para poder meterlos en el dedo mientras se trabajaba. Los hay de todo sabor en Doughnut Plant, del sencillo al de chocolate, del de vainilla al de pastel de zanahoria. Tiene una de sus sedes en los bajos del hotel Chelsea, o del ex hotel Chelsea, porque su nombre acaba de pasar a la historia, y aunque no podrán derrumbar su fachada de tipo sureño por ser el primer edificio que fue declarado histórico en Nueva York, de ser el hotel en decadencia en cuyos cuartos latían los ecos de la música y la literatura del siglo XX, pasará a convertirse en una finca de apartamentos de lujo.

Pero yo, como ha de ser, según esta división de papeles por edad y condición que nos hemos asignado, propondría para la merienda otro clásico neoyorquino, de sabor menos dulzón que el donut pero igual de calórico, que es de lo que se trata. Una joya para el paladar, Veniero's, establecimiento del Lower East Side, que te traslada de inmediato, como si te pegaran un empujón y te metieran en una cabina de teletransportación, a una cafetería de un pueblo de la sierra madrileña, con sus espejos ocres falsamente envejecidos en los que uno se refleja de color amarillo. Conviene no mirarse en los espejos, para no verse como un espectro, pero sí sentarse para degustar, según quien esto escribe y diga lo que diga la guía Zagat, ¡la mejor tarta de queso de la ciudad! La mejor, sin duda, la más cremosa, la que llena la boca de dulzor para dejarte luego un retrogusto algo ácido. Veniero's, templo del cheesecake desde 1894, que ha resistido y esperado a que me sentara yo en una de sus mesas en el siglo XXI, buscando cobijo una de esas tardes de frío y noche anticipada, de espaldas al espejo y entregada a un cappuccino, a una tarta de queso con finura de repostería italiana y, en alguna ocasión, a un cannoli tan exquisito como el que imagino que prepara Carmela Soprano.

Y como no hay día sin cena, y como no hay dieta sana sin cinco comidas, y como un gordo no descansa hasta que cae en la cama y el sueño le vence, hay que acabar la jornada con una cena de las que dicen que llenan las sepulturas. Xavi, en su calidad de rastreador de tendencias, tomará el metro en Union Square y partirá sin pereza y cargado, como siempre, con su cámara al hombro, a Bark Hot Dog, en Brooklyn, donde afirma sin asomo de duda que se encuentran ¡los mejores hot dogs de la ciudad! Se comerá un Bacon Cheddar Dog, cuyo nombre es anticipo y promesa de felicidad a lo grande, y cuando vaya en el metro camino de su Washington Heights pensará que al día siguiente habrá de quemarlo todo en el YMCA, para regocijo de esos ancianos que tienen edad como para haber participado en la revuelta del Stonewall en el Village y ahora pasan el día zascandileando en el gimnasio y no hay chico guapo al que no controlen. A él lo tienen fichado, le bromean, lo estudian, le dicen: «You look a little bit more beefy» —estás un poco más ternerillo—, y él se ríe, se deja querer, él no sabe, como no sabe ninguno de los que han venido aquí buscando algo tan inaprensible como el triunfo, que Nueva York se alimenta vampíricamente del tiempo de los jóvenes, se lo chupa, se lo roba, les hace creer que se lo cambia por algo que ha de durar siempre, su juventud, y un buen día se descubren a sí mismos siendo los que miran y no los que actúan, como esos ancianos del YMCA, que fueron deseados por otros ancianos en tiempos mucho más oscuros que éstos.

Por mi parte, después de un día tan agitado, sobre todo para el estómago, prefiero quedarme en lo que llamo mi barrio, que de sur a norte comienza en Lincoln Square y termina en la Universidad de Columbia, y de este a oeste, del río Hudson a Central Park. Mucho es, pero son mis fronteras psicológicas. Hay un clásico enfrente del Lincoln Square de los que alargan su horario para ofrecer comidas después de los conciertos o del cine. Porque la música da mucha hambre. Da un hambre tremebunda. De tal manera que uno sale de un concierto como desesperado y cruza la calle corriendo y pide una pizza tan grande que se sale del plato a la manera daliniana, con berenjenas, tomate y trozos de salchichas que no son de Brooklyn pero lo parecen, y vino italiano, y si el vino se sube a la cabeza tanto como para creer que nada hay mejor que entregarse a los placeres sin culpa, la cena se completa con una ración de tarta de queso, menos italiana que la de Veniero's, pero infinitamente más grande, y regada, si así se desea, con un buen chorreón de chocolate que te vuelca un camarero indio, silencioso, sonriente. No me pregunten por qué pero siempre es así.

Cuando un hombre no engorda aunque frecuente esta dieta para gordos, quiere volver a casa en el metro, o si hace mucho pero que mucho frío, en taxi; cuando una mujer engorda y lo sabe, y tiene a la niña gordita (llamada por sus hermanos gorda) a punto de hacer acto de presencia, quiere volver a casa caminando. Lo necesita. Y le tira del brazo a él, y le dice, anda, si es sólo un paseo. Caminan otros tres kilómetros casi en silencio. La digestión va por dentro y la culpa también.

Al día siguiente tratará de borrar las calorías y la culpa en el gimnasio Paris, que ellos llaman Paguí, porque una vecina dijo un día Paguí, y con Paguí se quedó, que tiene mucha más gracia.

Son tantas las jornadas que se podrían organizar con rutas para gordos que aún no me explico cómo no nos ponemos a ello, le digo a menudo a Xavi. Estamos perdiendo dinero. Los helados, los brownies, las tartas, los sándwiches de pastrami, de salami, los BLT, las cervezas, las patatas rellenas, los pucheros espesos del sur con gambones y arroz, los bocadillos de langosta, los crab cakes con fondo de aguacate Comida americana, contundente, especiada, picante, con salsas y cremas, pero en absoluto basura. De acuerdo, no es la dieta mediterránea, pero si uno decide sacar a pasear por tan sólo unos días al año a su niño comilón es cuestión de cebarlo con grasas sabrosas como si nos lo fuéramos a comer en un futuro, de la misma forma que hacía la bruja del cuento.

Ah, Paguí, Paguí. Qué nombre tan adecuado para este pequeño gimnasio que más que mostrarse se esconde en un portal de West End Avenue, la avenida más discretamente elegante de Nueva York, solitaria, sin comercios, dándoles la espalda a las tiendas de poca monta de Broadway, como pretendiendo ser Park Avenue pero sin llegar a semejante ostentación. West End, la avenida de portales misteriosos y de porteros que te saludan al paso, uniformados, negros de habla española, algo aburridos de una acera por la que no pasea casi nadie, orgullosos de guardar edificios en donde hay ricos en sus alturas que prefieren mantenerlo

*De acuerdo, no es dieta mediterránea…*

oculto. Yo paso y saludo, porque ellos te buscan la mirada y saludan.

Solía entrar por las tardes en el bajo en el que se encontraba y encuentra Paguí, tal y como me lo nombrara una de las vecinas que me saludaron la tarde en que me hice miembro de este club que ella tenía por selecto; de ahí, supongo, el pronunciarlo a la francesa. «Es un gimnasio hogareño», me dijo entonces la recepcionista, y no supe si utilizaba la descripción como disculpa o como ventaja. Homey, caserito. Nunca había escuchado semejante adjetivo para un gimnasio. Acostumbrada como estaba a frecuentar (o sufrir) gimnasios donde las tías se ponen crema ante el espejo como si estuvieran en un salón de striptease, con el mismo impudor y la misma actitud provocativa y los hombres bufan mientras levantan pesas como si se estuvieran corriendo, llegaba de pronto a uno en el que la encargada me enseñaba las angostas instalaciones, el hábitat perfecto para que los clientes se sintieran como en casa.

El gimnasio caserito estaba literalmente excavado en el suelo y tenía una piscina, bastante caserita también, en un piso aún más hondo, que hubiera sido impracticable de haber estado Paguí cien metros más allá, en Broadway, por donde pasa el metro, siempre tan próximo a la superficie.

Si Bryce Echenique situó su París de menesterosos con veleidades intelectuales en los altillos, en las buhardillas, en las alturas, este otro París, tan Paguí como el de Martín Romaña, el protagonista de *La vida exagerada…*, mi Paguí, se encontraba en el subsuelo, y más que ejercicio físico se diría que sus habitantes practicaban el ejercicio mental. Me asomé a la puerta que daba a la piscina, animada por la expresiva invitación de la encargada, que más que una de las típicas fornidas entrenadoras de gimnasio parecía una de aquellas vecinas de amabilidad abrumadora de *La semilla del diablo*, y creí ver a unos seres avanzando (más que nadando) cada uno por su carril de manera desacompasada, amorfa, como si a uno le faltara un brazo y a otro le faltara una pierna. Puede que se tratara de la ilusión visual provocada por uno de esos ejercicios en que se ejercitan unas extremidades mientras se paralizan otras, pero el caso es que me eché para atrás, y ya no volví a asomarme más. Tuve desde entonces hacia aquella puerta la misma prevención que la mujer de Barbazul a la suya, con la diferencia de que a mí jamás me pudo la curiosidad mórbida.

Mis sesiones en el Paguí Paguí me dieron momentos de inusitada felicidad. El mundo del deporte nunca me permitió ser la mejor en nada. Tuve la intención de ser atleta con doce años. Mi colegio era uno de esos centros en los que los niños deportistas son venerados y excusados casi de ser brillantes en otras materias. Y yo, la de la imaginación desbordada, soñaba con correr con los brazos alzados el último tramo de una carrera de relevos y provocar el entusiasmo de mis compañeras. Afortunadamente, mi futuro se despejó en un solo sábado en el que el entrenador del colegio me puso a prueba dejándome competir en todas las especialidades atléticas. Fue un sábado intenso. Fracaso tras fracaso terminé lanzando disco. Mientras esperaba mi turno y ensayaba posturitas de discóbola me imaginaba una vida de exitosa lanzadora. Cuando me tocó el turno lancé el disco con un estilo depurado, pero extrañamente no salió en la dirección reglamentaria sino hacia la pista de las corredoras. Por suerte, la gente gritó advirtiendo el peligro, las corredoras se agacharon y el disco no le abrió la cabeza a nadie. Nunca más me aventuré por el camino de la competición deportiva. En el autobús escolar, sentí, de camino a casa, un pequeño dolor, el que provoca el sentido del ridículo, pero mi temperamento optimista enseguida cauterizó la herida y me convencí de que no quería un futuro de deportista de élite, lejos de casa siempre, con esos hombros de culturista que se les ponen a las lanzadoras de peso y con una vida profesional muy corta. Y luego dicen que las frustraciones tempranas no sirven para nada.

Después de eso, en mi vida adulta, he frecuentado todo aquel ejercicio que no sea competitivo. Los deportes competitivos son los más excitantes pero estoy negada para competir, sobre todo sabiendo como sé que siempre estoy condenada a perder. Y entre todos los gimnasios de los que he sido miembro ninguno tan peculiar como este Paguí Paguí, en el que digo que experimenté una inesperada felicidad: la del que acostumbrado a perder gana porque los competidores son aún peores. Para empezar, la media de edad de la clientela era alentadora. La cosa andaba de los sesenta en adelante. Los equipos de ropa deportiva, el paradigma estético del Upper West, es decir, «meto la mano en el armario y lo primero que pillo eso es lo que me pongo.» Total, para sudar. Esa actitud ante la actividad deportiva me permitía a mí vestirme sin complejos con las viejas camisetas de Mickey o de Superman, que tanto desentonan en los gimnasios de postín.

Los clientes del Paguí Paguí hacían acto de presencia en la sala de Fitness con el *New Yorker* o un semanal atrasado del *New York Times* bajo el brazo, estudiaban el espacio, como si en vez de a un gimnasio hubieran entrado a un café y buscaran una mesa libre. Se decidían por una máquina u otra sin mucho convencimiento y con el sosiego envidiable del que tiene toda la mañana por delante. A menudo entablaban conversación entre ellos, cuando uno tomaba la iniciativa y le preguntaba a otro de qué iba el artículo que estaba leyendo. Hacían gala de ese desparpajo con el que los neoyorquinos solitarios pegan la hebra con el de al lado.

A veces se abría la puerta que daba a la sala diminuta de las clases colectivas y de allí salían a paso lento unos individuos con pelos airados, canosos, ataviados con el descuido de un profesor de universidad que no fuera capaz de dejar de pensar en la materia que anda investigando. Con frecuencia llevaban gafas de pasta. Gafas de pasta enormes, no de una extravagancia premeditada, como era el caso de las gafas que adornaban las caras de los habitantes del Upper East, no, estas lentes del oeste habían reposado sobre las narices de sus dueños desde los años setenta y parecían ya parte natural del perfil, pegadas al rostro con la misma contumacia con la que se adhieren los moluscos a las rocas. Salían algo aturdidos, daba la impresión de que dentro de la salita no hubiera luz, cuando de hecho la había, y llevaban el cabello despeinado, tanto ellos como ellas, por haber estado tumbados en el suelo, en clase de yoga, olvidándose luego, como las viejas que se levantan del sillón donde cabecean tras la comida, de peinarse un poco por detrás para estar presentables. En realidad, daba la impresión de que acababan de despertarse de una siesta profunda y regresaban a un mundo exterior al que les costaba adaptarse. Nunca entré en esa clase. Yo entonces iba al gimnasio para gastar energía sobrante, no para meditar o relajarme.

Otro de los cuartos secretos del encantador Paguí era el de las cintas de correr. Había unas seis máquinas en un espacio agobiante y se ve que el dueño, sabedor de que los espejos aumentan el espacio, había cubierto de espejos las cuatro paredes, lo que provocaba el efecto óptico contrario: es como si la pequeña habitación estuviera atestada de corredores.

Nadie se tomaba muy a pecho la carrera, era bastante común que a paso lento, muy lento (de otra manera hubiera sido imposible), mis compañeros de ejercicio leyeran el *New Yorker* o un periódico. Hubo un día en que a mi lado andaban a ritmo de paseo dos lectores: uno tenía delante una revista y el otro unos folios, que deduje era un profesor de Columbia; en la esquina, una mujer con aspecto de estar aún convaleciente llevaba una especie de bolsa de oxígeno colgada y dos tubitos que le entraban por la nariz. A consecuencia del juego de espejos, en la pequeña habitación había, miraras hacia donde miraras, profesores de Columbia leyendo trabajos de sus alumnos; lectores con gafas de pasta de los setenta concentrados en un artículo interminable; mujeres convalecientes de graves enfermedades que respiraban jadeantes, con tubillos que les entraban por las narices. Había otras que me resultaban familiares cuando las miraba por delante y desconocidas cuando las veía por detrás, y llevaban una camiseta azul de Superwoman, lo cual era del todo justo, porque comparando a esas mujeres que tanto se parecían a mí con los profesores de Columbia, los lectores diletantes o las mujeres convalecientes, las que lucían mi camiseta corrían a una velocidad que podríamos calificar de atlética.

Cada vez que las de la camiseta azul de Superwoman nos bajábamos sudorosas de la cinta, uno de los entrenadores que andaban por allí decía: «Buen trabajo.» Y todas, ellas y yo, sentíamos haber sido bendecidas en el mundo del deporte con una segunda oportunidad.

Pero no quisiera ofrecer una idea grotesca de lugar

tan entrañable, en absoluto. Yo disfrutaba de haber encontrado al fin un gimnasio en el que no se presenciaran las típicas exhibiciones de músculo: ni individuas en el vestuario a las que sólo les falta la barra de la sala de striptease, ni hombres de jadeos orgásmicos. En mi nuevo universo deportivo, el que jadeaba era porque se encontraba bordeando el declive definitivo.

Muchas tardes coincidía con un entrenador negro, de tremenda envergadura, con el corpachón adornado de tatuajes, pulseras, piercings y pendientes, que tutelaba el entrenamiento de una mujer enana, pelirroja, angelical. Lo hacía apoyado en la pared, desganado, con esa cara del que siempre prefiere estar haciendo otra cosa tan frecuente en trabajadores negros de baja cualificación, pero rara, desde luego, en un monitor. Como se veía claro que a la mujer diminuta la longitud de las piernas no le daba para subirse a las máquinas cardiovasculares, el gigantesco entrenador la tenía dando saltos delante de él, saltitos acompasados con un subir y bajar de brazos, que producían tal sensación de aleteo, que yo esperaba impaciente el día en que, en una de ésas, la pequeña pelirroja consiguiera levantar los pies del suelo y se elevara volando hasta la altura de la cabeza de ese negro imponente, que no habría de asombrarse, porque tenía la mirada desafiante de los que no se asombran de nada en la vida por haberlo visto todo en el país de la heterogeneidad física.

Al principio celebré mi éxito como corredora. Bajaba de la cinta como si descendiera del pódium y me alegré mezquinamente de mi ilusoria juventud al lado de personajes que se encontraban ya bajando por los escalones de la decrepitud existencial. Pero de la misma manera en que la chica entre los monstruos del circo acababa siendo, en las películas, tan extraordinaria como ellos, me fui dejando llevar por el ambiente hasta adaptarme. Primero, porque pensé que no debía envanecerme, y como a mí no me cuesta nada no envanecerme, porque carezco de la constancia del vanidoso, un día probé a llevarme una revista de casa. Y me gustó. Con la revista, la velocidad decreció. Pero es que cuando no había revista me ponía los cascos para ver el programa de Oprah Winfrey o el «New York One». El ritmo se fue acompasando al de mis compañeros de fatigas y ya no me sentía a la vanguardia de aquella multitud que se reflejaba en los espejos sino una más. Cuando pasaba de la salita de espejos a la sala principal, la de Fitness, buscaba un hueco entre las máquinas de musculación. Si no lo había, me sentaba en las escaleras y esperaba el tiempo que hiciera falta. A veces echaba el rato con una especie de supervisor, que era chileno y me exponía sus muy calibradas opiniones sobre el juego del Madrid o del Barcelona. Ya tenía que estar desesperado. Es el tema «común» de los latinos cuando entablan conversación con una española. Yo, por agradar, no sólo le seguía la corriente sino que repetía sus juicios sobre los jugadores con una vehemencia aumentada. Le encantaba hablar conmigo de fútbol.

Llegó un momento en que me di cuenta de que iba allí a echar el rato, que mi carrera deportiva había tocado fondo y que, para colmo, caminar en la cinta de la sala de los espejos me aceleraba el pensamiento y salía del gimnasio, como salían los demás, con un gran agotamiento no físico sino mental. Pero me dio pena dejarlo. Formábamos un equipo. A veces, cuando paso por su puerta, me entran ganas de asomarme a ver si todos siguen practicando el diletantismo de élite en el lugar menos adecuado para eso. Tal vez, en diez años o en quince, vuelva. Pero, de momento, todavía prefiero, si se trata de andar a ritmo de paseo, hacerlo gratis, bajar al Riverside Park con Lolita y disfrutar de una variedad natural de paseantes, no de ilusiones ópticas.

Antonio suele caminar a la vera del río. Yo, por el parque. Vamos por senderos paralelos, él más abajo, a la altura del cauce del Hudson, yo por arriba. A él le gusta extasiarse observando las corrientes caprichosas y rebeldes del Hudson; a mí me gusta pisar blando en la tierra siempre fértil del parque. Los dos hemos visto a gente solitaria meditar sentada en una roca mirando al río. Tan dentro de ellos mismos como fuera, a la intemperie: con New Jersey delante de los ojos entornados; el puente George Washington a la derecha; los bloques de hielo crujiendo en invierno y los veleros salpicando de velas el gris oscuro del agua en cuanto empieza el buen tiempo.

A Antonio le gusta detenerse a observar las vigas herrumbrosas y las maderas carcomidas que un día tuvieron una función industrial, le gusta seguir el curso del Hudson hacia el norte y llegar al puente y a un pequeño faro que a punto estuvieron de derribar y que los vecinos, tan necesitados de referencias, tan implicados en la fisonomía de su barrio, lograron mantener en pie. Luego llega a casa con los bolsillos llenos de valiosos tesoros: piedras que parecen fósiles, maderillas que se diría que están trabajadas por una mano humana de lo ingeniosas que son, y tornillos y roscas de gran tamaño que ha encontrado por el suelo, debajo del George Washington, que te dejan con la inquietud de si es posible que semejante obra de prodigiosa ingeniería pueda ir perdiendo con el paso del tiempo algunas de sus piezas sin que se venga abajo toda su formidable estructura.

Los palos, los tornillos, las piezas de algún juguete viejo, todo va cayendo en un bote de cristal como si en un futuro fueran a encontrar una utilidad que el tiempo les ha negado. Me recuerda las pasiones arqueológicas del niño Miguel, que llenaba su armario de objetos que encontraba por el suelo, palos, piedras o pequeños cristales, porque era capaz de encontrarles belleza y brindarles una protección sentimental. También me recuerda a un artista curioso que todos los domingos monta su tenderete en el mercadillo que se instala en el patio de un colegio público de la avenida Columbus. Va vestido como los antiguos vendedores ambulantes de remedios milagrosos: camisa blanca, pantalón y chaleco negros y un sombrero de fieltro también negro. Tiene su mesa llena de botellas antiguas, que parecen haber servido para contener líquidos sanadores. Nuestro hombre se entera de cuándo va a llevarse a cabo una excavación por el derrumbe de una casa vieja o por la construcción de una nueva y allí se presenta, con una pala y unos ojos acostumbrados a ver lo que otros no aprecian. Encuentra botellas de viejos refrescos, de remedios o brebajes de crecepelo, algunos de principios del siglo veinte, y también restos de juguetes, cabecitas de bebé de porcelana, camiones de otro tiempo, relojes antiguos y sin tiempo corriendo por sus mecanismos. Y entonces, los limpia, los enmarca, crea pequeñas obras de arte con lo que nadie quiere y esos restos de objetos domésticos renacen, claudicando de su antigua utilidad para convertirse en objetos poéticos, símbolos humildes y artesanos del paso del tiempo. De mi pared cuelga uno de sus poemas visuales: es una cabecita de muñeco de porcelana dispuesta dentro de un marco de reloj, ambas cosas de 1920, encontradas en un vertedero de Queens. Me gusta pensar que esa cabecilla que conserva sus mofletes aún sonrosados de bebé antiguo no se ha perdido para siempre entre la basura. El dueño posiblemente estará muerto pero algo de su alma, quiero imaginar, pervive en la sonrisa de esa figurilla de porcelana que tanta compañía le hizo.

Antonio lleva a Lolita a orillas del Hudson para que espante a las gaviotas y ladre a las familias de gansos que aparecen en cuanto finaliza el deshielo y nos traen a la memoria inevitablemente los patos de Salinger en Central Park. Yo prefiero llevarla por el parque, entre los árboles, o mejor dicho, prefiero que me lleve ella a mí, olisqueando la hierba y saludando a cualquier ser humano que le sale al paso. Conocí este parque hace once años, cuando vine a Nueva York con la intención de escribir un libro para jóvenes sobre Federico García Lorca, y visité esta calle, Riverside Drive, y este parque del Riverside, porque es aquí donde la familia Lorca vino a instalarse, una vez que abandonaron España. Vine a este parque porque era donde el padre de Lorca, don Federico, venía a diario a fumarse su cigarro puro. Yo buscaba los ecos de todo eso: quería pasear por el mismo sendero en el que el padre del poeta rumiaba su desgracia; quería que el espacio me ayudara a ponerme en el lugar de alguien que en el tercer acto de su vida, cuando ya no espera sobresaltos salvo el de la propia muerte, se ve obligado a abandonar el mundo familiar de su país para venirse a una tierra desconocida con una lengua incomprensible. Y todo dejando atrás a un hijo y a un yerno asesinados.

Jamás escribí el libro pero sí pensé, o ahora creo que lo pensé, que no había parque mejor que aquél, flanqueado por un río, por un río que fluye tan cerca de su desembocadura en el mar que se contagia de los olores marítimos, de una niebla plateada que en invierno tiene el gris perla del frío y en verano el gris ceniza y esponjoso del calor tan propio del horizonte atlántico.

La vida, en un quiebro inesperado, nos trajo hasta su orilla, con más empeño de Antonio que mío, porque a mí la Universidad de Columbia me parecía algo remoto de la ciudad verdadera, como le ocurre siempre al forastero al principio, cuando no comprende el espacio y sólo se siente cómodo viviendo en lo que él considera el mismo centro. Nunca pensé que el territorio que acogió a don Federico, a doña Vicenta, a don Fernando de los Ríos o a doña Gloria Giner sería el mío. Lo caminé entonces como objeto de estudio y hoy lo camino porque es mi parque.

Poco tiempo después de abandonar a mis amigos del gimnasio París, leí un suplemento del *New York Times* dedicado íntegramente al mantenimiento saludable del cuerpo. Por supuesto, todo venía narrado con ese nivel de minuciosidad que a menudo te sobrepasa y te lleva a declararte derrotado antes que hincarle el diente a un monográfico un domingo entero. Pero la idea de que una serie de científicos, en absoluto predicadores del culto al cuerpo y sí partidarios de prácticas sensatas que mejoran el estado físico y anímico, concretaran cuál era la actividad estrictamente necesaria para vivir dignamente, me llevó a estudiarme el suplemento completo, y ya con la lección aprendida bajé al día siguiente al parque.

La tarea consistía en marchar media hora combinando tres minutos de carrera con tres minutos andando. Poco, si se compara con el tiempo que yo perdía en el gimnasio leyendo artículos; poco, comparado con el tiempo que ha de emplearse hasta conseguir un cuerpo musculado, de esos en los que la cabeza se acaba enroscando al torso sin mediar cuello alguno. Lo sorprendente no radica en algo tan anecdótico como que yo siguiera las instrucciones de un suplemento lleno de datos, estadísticas, encuestas y opiniones de «científicos de todo el mundo», sino en lo que descubrí cuando me situé en el sendero de los corredores del Riverside Park. Miré mi reloj y comencé a correr, dejando atrás a una pareja que paseaba a ritmo de marcha y charlaba animadamente; a los tres minutos disminuí la velocidad, tal y como recomendaban los sabios, y entonces comprobé cómo la pareja en cuestión me adelantaba a mí a toda carrera. Al pasar a mi lado, el hombre levantó el pulgar en señal de camaradería. No daba crédito: estábamos haciendo lo mismo. Es imposible correr al aire libre leyendo una revista pero estaba claro que éstos la traían leída de casa. Los días que siguieron al domingo del suplemento encontré a bastantes «deportistas» practicando esta carrera sincopada, pero tal y como llegaron, se esfumaron, como me esfumé yo, buscando, imagino, otro ejercicio aún más confortable. Al fin y al cabo, éste te servía, según los sabios, si tenías la constancia de practicarlo todos los días y quién tiene la voluntad de comprometerse así durante toda una existencia.

Las viñetas del *New Yorker* han sabido captar el estereotipo del Upper East, el del residente clásico y formal de la fauna neoyorquina, que de manera tan cómica ilustra con su aspecto y costumbres el universo de la revista, que a su vez ha cultivado el clasicismo en un diseño que, para suerte de los lectores, se ha mantenido a lo largo de los años. Pero hay dibujantes como Roz Chast, nacida en Brooklyn, que incorporan en ésta y en otras publicaciones literarias a personajes del «otro lado» de la ciudad, al estereotipo del West Side, individuos de aspecto más desastroso y naturaleza atormentada o enfrentada a las contradicciones de su tiempo, de este tiempo, madres con

*Nueva York es más dura de lo que muchos turistas creen cuando llegan aquí y se dejan encandilar por este lugar.*

culpa, niños egoístas, mujeres neuróticas, hombres abrumados y, por qué no, corredores esporádicos del Riverside Park, creyentes en esa biblia que es el *New York Times*, deseosos de encontrar la fórmula de mantenerse en forma sin hacer demasiado esfuerzo.

A veces, nuestros caminos se cruzan y nos encontramos los tres (contando a la sin par Lolita) caminando hacia Riverside South Park, una zona recientemente recuperada pero que, a pesar de ser nueva, porque los parques suelen ganar con la edad, es una de nuestras favoritas. Con qué sabiduría han sabido los arquitectos y los diseñadores de este tramo del parque incorporar los viejos elementos portuarios, de carga, descarga y amarre, de hierro y madera, a un paseo ajardinado con plantas que parecen salvajes pero que están dispuestas en perfecta composición con el suelo de madera de barco.

El primer día que caminamos juntos por aquellas plataformas ganadas al agua, inspiradas en los embarcaderos, nos quedamos un buen rato en silencio, yendo de un lado a otro, separándonos ahora, juntándonos luego por empeño de Lolita, que hace continuamente de perrillo pastor y nos empuja a no distanciarnos el uno del otro más de un metro. Estábamos celebrando el hecho de estar allí, de vivir cerca de un lugar tan hermoso, de que la suerte y la voluntad nos hubieran llevado a vivir próximos a este gran río. Algo extraordinario para dos criaturas que vienen del secano. Pero la felicidad pierde parte de su brillo cuando se expresa y nos conocemos tanto como para poder compartirla y saborearla sin mediar palabra.

Cualquier parque es distinto los días de diario. Los días de diario bajamos a pasear, a correr, a pensar, aquellos que no tenemos horario, los jubilados, los voluntarios del barrio que emplean sus horas libres ejerciendo de jardineros vocacionales y siembran de plantas los parterres y de flores de temporada los alcorques de la acera. También pasean, perdida su mente en un universo muy remoto, las negras latinas o afroamericanas que empujan el cochecito del bebé al que cuidan. Hay una paz de mañanas de diario, una paz que se rompe cuando la chavalería aparece los fines de semana para jugar al béisbol, en muchos casos, hijos únicos que a falta de contar con sus padres para competir verdaderamente se dejan instruir por un padre desganado en el manejo del bate y el guante. Pero sí, hay una paz que en las mañanas de diario no se deja alterar por nada, una paz contagiosa que parece emanar del espíritu mismo del parque y que es respetada por aquellos que tienen la suerte de disfrutarlo en sus horas solitarias.

Con frecuencia vemos a ancianos que, incorporando los sonidos que sienten a su alrededor —los ladridos de los perros, los espectaculares graznidos de los pájaros, los pasos secos de los corredores, los ecos de las conversaciones o el rumor acuoso del propio río—, ralentizan el pensamiento hasta que consiguen casi enmudecerlo y entonces elevan sus manos e inician una danza tan suave que parece mecida por el aire que mueve las hojas de los árboles. Parece que flotan o que se mueven dentro del agua. Tai Chi. Y cuando son varios los que lo practican se diría que son algas, porque antes de comenzar un movimiento hacia delante siempre experimentan un ligero retroceso. Al principio, no entendía por qué me daba esa sensación acuática, hasta que vi de cerca a la grácil Brooke Nesset practicarlo delante de mí. Brooke es de Minnesota, rubia, alta, con una blancura de piel que delata el origen de sus abuelos noruegos. Llegué hasta ella a través del poeta tejano Scott Hightower, al que había curado casi milagrosamente de una lesión en la espalda por la que estuvo a punto de entrar en un quirófano. No debe de equivocarse el doctor Gasca cuando dice que los oficios creativos provocan dolores aquí o allá, y que hay que saber aliviarlos sin cerrar del todo esa herida de la que nacen las imágenes, los cuentos o la música.

Mi cuello dolorido me llevó a Brooke una tarde de invierno, cuando había decidido enfrentarme uno por uno a todos los males provocados por la ansiedad, y como no creo en esos catecismos de una u otra fe que plantean un cambio absoluto de personalidad y de vida, me dispuse concienzudamente a aliviar cada síntoma. Llamé con los nudillos, porque no había timbre, a una pequeña puerta de un edificio de oficinas situado en la calle 21 y Broadway.

El suelo es tan caro en Nueva York y la gente, por otro lado, tan emprendedora, que en toda la zona del Garment District (donde se situaban los talleres de costura) y en la cercana a Union Square, una multitud de profesionales de mil oficios reciben a su clientela en despachos diminutos. Edificios de estructura y tamaño imponentes cuando se contemplan desde la calle se dividen y subdividen en mil despachos en su interior, dando una sensación de panal de abejas laboriosas, en el que no caben los zánganos. Un largo pasillo distribuye a un lado y a otro puertas numeradas en las que a menudo se lee el nombre del profesional y su oficio: un abogado; un taller de costura que mantiene la puerta abierta para evitar la claustrofobia de sus costureras; un psiquiatra; una joyera; un hombre rodeado de papeles, legajos y libros, tan gordo que la carne se le desparrama por la silla y, a pesar de que está hablando por teléfono, levanta la mano para saludarme cuando paso.

Llamé a la puerta con los nudillos, sí, y Brooke apareció con una sonrisa, vestida con pantalón y camiseta blancos, descalza, alta, delgada y con una melena rubia, corta y rizada, con más aspecto de ser bailarina en un musical de Broadway que de masajista. Me quité la ropa y me tumbé en el suelo boca abajo, ella impuso sus manos sobre mí. Sentía el consuelo de sus palmas sobre mis hombros, tan calientes estaban que supuse que las había puesto antes de tocarme encima de la calefacción, pero no: el calor se debía, me dijo, a la concentración de un masaje que daba con los ojos cerrados. Hablábamos poco, aunque de vez en cuando yo le contaba cómo la tensión se fijaba en el cuello, lo difícil que me resultaba que la mente no se me dispersara en mil pensamientos a cuál más inútil o que tratar de que aminorara sin más su tremenda actividad. Le hablé de la envidia que me provocaban esos seres misteriosos que veía en mi parque o incluso en plazas en medio del fragor del tráfico, como Madison Square, por la que acababa de pasar, capaces de entregarse a una danza mágica que parecía tener el poder de aislarles del mundo, del exterior y del interior también.

Y comoquiera que el mundo está lleno de casualidades, Brooke resultó ser profesora de dicha disciplina y me llevó al centro en el que ella la impartía, y una noche prematura de frío me fui allí, me descalcé y seguí torpemente los pasos de los alumnos, en una sala presidida por una gran foto en la que el sabio chino que daba nombre a la escuela nos miraba sonriente. Antes de empezar la clase, Brooke me presentó a sus estudiantes y sentí, de manera muy precisa, la calidez con que el neoyorquino te acoge cuando considera que has entrado a formar parte de su grupo. Es como una bendición que te provoca un bienestar físico y que compensa esas otras ocasiones en que su brusquedad te deja helada.

El baile intuitivo del primer día, cuando me situaron al fondo del aula como a la niña nueva que desde el último banco trata de seguir la marcha habitual de sus compañeros, se transformó en un estudio minucioso de cada uno de los movimientos que no tenían nada de espontáneos. Detrás de la maestra de Minessotta, con su espalda recta y huesuda siempre de referencia, iba aprendiendo cada paso y uniéndolos luego para conseguir esa impresión acuática que tanta impresión me hace cuando encuentro a un grupo bailando armónicamente en un parque o a un anciano solitario, de frente al Hudson, tan fuera del mundo como fuera de los caprichos de su mente.

Recuerdo un mediodía de calor, al salir de la clase, haber visto en Madison Square a un grupo practicándolo a los pies de un busto enorme y sobrecogedor del artista Jaume Plensa. Una cabeza de niña blanca, sombreada en algunos puntos de sus facciones infantiles en gris y con un tratamiento de los volúmenes tan estilizado que la convertían en una especie de aparición fantasmal. La cabeza imponente y al mismo tiempo liviana de la niña de Plensa; el grupo de practicantes de Tai Chi que bailaban al ritmo de una música interior no contaminada por los ruidos de una plaza ruidosa, o bien convirtiendo esos ruidos en parte de su íntima melodía, y el Empire State al fondo, tan tópico como bello, tan familiar como extraño. Me recosté en la hierba, en medio de chicas en bikini que exponían cruelmente su piel blanca al sol urbano e inclemente. Y llevada por una confianza tal vez insensata en los seres humanos, en el que viajaba en coche alrededor de la plaza; en el viajaba en el metro que dejaba sentir su vibración de acero bajo la hierba; en el que comía un bocado antes de subir de nuevo a la oficina; en el que se entregaba a un baile dictado por la música del aire; en las chicas que quemaban su piel a mi lado; en los que se acercaban atraídos por Echo, la cabeza de la niña durmiente esculpida en vidrio y mármol, que parecía haber estado siempre ahí para proporcionar unos momentos de quietud al paseante; me quedé, acunada por las voces humanas y la vibración sin reposo de la maquinaria urbana, dormida sobre la hierba.

Bailamos una hora y media las mil y una posturas de esa danza mágica que te borra el pensamiento hasta dejártelo entregado a unas posturas de nombres poéticos, la de la cola del gorrión que de pronto se escapa, la de hacer remolinos en el agua con una mano, la de abrazar la luna o la de llevar una pelota invisible de un lado a otro, sintiendo su enorme volumen y su falta de peso. Siempre que nos toca sujetar la pelota visualizo aquel balón hinchable de playa que nos regalaron cuando éramos niños al comprar un tarro de Nivea. Es aquella pelota la que ahora sostengo en el aire, otorgándole su mismo color azul intenso y el viejo olor familiar de la crema del pasado. Pasado y presente siempre están cerca cuando estás lejos, por ejemplo, frente a una ventana que da a la calle 21, mirando mientras sujeto mi pelota un edificio en el que también se deben de apiñar, como en éste, seres humanos industriosos que en pocos metros cuadrados tratarán de hacer su existencia necesaria para otros. La única manera de hacer dinero, de no ser un sociópata y de sobrevivir. Así hizo Brooke, la chica de Minnesota de rizos rubios que vino a conquistar la ciudad como la protagonista de *La calle 42*, y se hizo necesaria para un poeta al que le alivió con sus manos ardientes un dolor tozudo de espalda, y para una escritora española que trata de mantener a raya su frágil temperamento.

Bailamos la danza misteriosa durante una hora y media, le damos a nuestra mente ese respiro, pero una vez que la clase ha terminado, volvemos a nuestro ser, que en mi caso, es el de quien teme estar perdiéndose algo ahí abajo en la calle. No se puede vivir del aire, ni entregarse a una espiritualidad que no permita el retorno a los placeres prosaicos, ni estar tan en paz contigo mismo que no te permitas tentaciones y deseos.

Me quito los calcetines de caminar sobre las aguas, me subo a las plataformas para patear el asfalto y bajo por la escalera, casi corriendo, sin calma para esperar el ascensor, fiel a mi impaciencia, como si conmigo no pudiera ninguna disciplina del espíritu. No puede, no, ni ésta ni cualquier otra forma de ejercitar el encuentro con uno mismo. Porque no sé ni puedo ni quiero renunciar a lo material. Y me gusta zascandilear, entrar en las tiendas de anticuarios que hay por la zona, bajar al sótano húmedo que suelen tener y perderme entre mesas y aparadores viejos; imaginar cómo era lo material hace un siglo o hace dos; cómo era la vida entre estos muebles de madera oscura, ligeramente ondulada y sólida, de carácter bostoniano, de elegancia sobria. Sólo lo material nos induce al pasado de una forma física: tocando la superficie de una mesa de jugar a las cartas o uno de esos imponentes escritorios en los que siempre me imagino a Mark Twain escribiendo su *Huckleberry Finn*.

Voy entrando y saliendo de tienda en tienda, usando el tacto y el olfato tanto como la vista, calibrando, preguntando épocas, precios, imaginando que fantasmas del pasado rondan entre los objetos que fueron parte esencial de sus vidas. Como si en eso me fuera la vida y como si ése fuera mi negocio. A veces, Antonio y yo, en nuestro afán de búsqueda de esa materia sentimental, tenemos suerte y, adelantándonos a otros buscadores de tesoros, a otras aves de rapiña que se alimentan de objetos viejos, absurdos, poco útiles, encontramos un precioso barco de chapa de Boston, que nos remonta a principios del XX; una pizarra hecha de verdad de pizarra que pesa como el plomo en la que se anunciaron los platos del día hace ochenta años; un paisaje inequívocamente americano de un pintor aficionado que decoró en los años treinta el comedor de su casa con sus propias pinturas, o un oso, un oso de madera, de pequeños ojos de cristal brillante y dientes que parecen de marfil, tan real como los que pueden encontrarse en cuanto te pierdes por los bosques que abrazan la ciudad de Nueva York; un oso tallado hace un siglo, que ahora, en la mesa de casa, parece que va a echarse a andar sobre la superficie de mármol blanco que, desde que cuenta con su presencia, se diría que es nieve helada.

La esencia del diseño americano siempre es rústica, campestre, como la poesía que con tanta frecuencia celebra la naturaleza, como su pintura realista, como el cine que retrata la vida con rigurosa exactitud, como el sólido diseño de los libros. Todo está hecho para ser usado, usado y usado muchas veces, y las tiendas de viejo, las que ofrecen libros o las que venden sillas de barrotes verticales en las que pudiera haberse sentado un personaje de Flannery O'Connor, son un reflejo de esa tradición estrechamente ligada a los materiales nobles. Es un país rural, las ciudades son una anomalía en las que los habitantes celebran esa distinción urbanita pero no olvidan su vínculo con el campo. Mirarlo de esta manera me ha ayudado a entenderlo, a comprender eso que los europeos calificamos, con tanta ligereza, de rudeza o simplicidad.

Del piso Zen de la calle 21, en el que experimentaba algo parecido a la levitación, a la 19 hay dos pasos, y en esos dos pasos ya me encuentro pisando firme, gastando tacón pero tacón de goma, hecho para caminar, y olfateando cada tienda que me tiente con un escaparate misterioso. Y una vez más me veo en la puerta de ese paraíso de lo hogareño que es Fishs Eddy. El nombre de esta tienda, que surte a los neoyorquinos de todos los elementos necesarios para montar una cocina parecida a la que tenían sus abuelas, toma el nombre de una aldea que se encuentra al norte del estado de Nueva York. Hace veinticinco años que sus dueños dieron con este nombre peculiar, Fishs Eddy, y veinticinco años también desde que hallaron, en pleno campo, un almacén casi destrozado por las llamas en el que habían permanecido intactas miles de piezas de vajillas, boles, juegos de café y demás enseres de un diseño muy tradicional. El dueño estuvo encantado de deshacerse de todo aquel material recubierto por capas y capas de ceniza y entregárselo por nada a aquellos aventureros, y ése fue el principio de una de las tiendas pioneras en la recuperación de la loza de antaño.

Las tazas pesan, pesan los platos, pesan los vasos, pesan los cubiertos, pesan las fuentes. Todo pesa en este país, todo pesa desde que te levantas hasta que te acuestas: la puerta de casa, la taza en la que desayunas, la sartén en la que preparas unos huevos revueltos, la puerta del portal, las cacerolas, el cazo, la espumadera, la puerta de la nevera, las ventanas que han de abrirse como si se estuviera levantando pesas, los platos, los cubiertos, un vaso, un vaso de agua también pesa. Todo pesa. Unas manos con poca fuerza como las mías me hacen consciente de eso a cada momento. Es algo tan característico que me dan ganas de ir sondeando a mis conocidos: «Bien, nunca hemos hablado de esto pero ¿no os dais cuenta de que además del agotador trabajo de vivir tenéis que hacer un esfuerzo suplementario a diario por el innecesario peso

*Un oso de madera, tallado hace un siglo, que parece que va a echarse a andar sobre la superficie de mármol blanco como si fuera nieve helada.*

que tienen las cosas?» Entro en las innumerables páginas que nombran en la web esta tienda que resume la concepción country del hogar y me encuentro con comentarios que celebran el peso de las mugs, de las tazas de té o café. Como si en el mismo peso se encontrara la identidad o la infancia. Es decir, que hay una conciencia de eso, aunque no se aprecie en comparación con Europa sino con el diseño moderno de su propio país.

Hay tiendas en las que más que comprar te gustaría vivir. Fishs Eddy es una de ellas o Anthropologie, donde los hombres esperan a que sus novias salgan de los probadores, espanzurrados en unos sillones de barato Art Déco tapizados con telas rústicas, ásperas y muy coloristas, que a veces recuerdan a los estampados de los indios americanos. Antiguos almacenes hoy transformados en tiendas en los que uno siente el calor de los suelos de madera gastada, de madera industrial, en los que los años y las modas, los siglos y los distintos usos no han conseguido borrar un pasado que hoy se busca a propósito, en el furor por el vintage, que fue más un invento de la gente joven de esta ciudad que de las revistas de moda, aunque éstas lo estén convirtiendo ya en caricatura.

Antonio alimenta su espíritu en esos rincones para la meditación que se encuentran por sorpresa o gracias a una guía insólita llamada *Fifty Places In New York To Find Peace and Quiet* —Cincuenta sitios en Nueva York para encontrar paz y sosiego—. Ahora, por ejemplo, viene de una sala en penumbra que hay en la calle 30, entre la Quinta y Madison; ha estado media hora sentado en un cojín en el suelo, pensando en nada, con esa capacidad suya para abstraerse, acompañado por un desconocido que estaba sentado en la otra esquina de la habitación y escuchando tan sólo las dos respiraciones, la del extraño y la suya propia, que poco a poco se habrán ido acompasando. No ha pagado por entrar ni le han pedido razones salvo la firma a la entrada del edificio. Media hora para salir de allí con la sensación reparadora de haber experimentado una siesta sin sueños.

Y tras haber alimentado ambos el espíritu quedamos en Eisenberg's para alimentar el estómago. Sin transición de lo etéreo a lo carnal, y cuando digo carnal no recurro a eufemismos, Eisenberg's se presenta así:

«¡Subiendo el colesterol de los neoyorquinos desde 1929!»

Desde el año de la Gran Depresión lleva este templo del sándwich alimentando a trabajadores de la zona, porque Eisenberg's se nutre, fundamentalmente, de ejecutivos que no tienen más de media hora para tomarse un respiro. Podríamos pasar al comedor tan viejo como reza el año en que se fundó el local, pero preferimos quedarnos en la barra. La barra de Eisenberg's es histórica, debería declararse patrimonio de la ciudad, o de la humanidad: una barra larguísima con una línea de taburetes forrados en cuero. ¿Dice usted que lo típico? Sí, lo típico, claro, pero es que lo típico, en otros bares, es un pastiche del pasado, y en el caso de este deli es simplemente real: cuando Eisenberg's se abrió un día de 1929 los lugares modernos de sándwiches eran así.

Antonio, hombre meditabundo, pero amante apasionado de la carne, pide el célebre sándwich de pastrami y una ensalada de col; yo me decanto por el de atún y ensalada de huevo, esa pasta de huevo duro machacado y salsa de mayonesa y mostaza que se pega al cielo del paladar y hace toser a las abuelas. Los camareros charlan enseguida con nosotros; una anciana se encarga de la caja al lado de la puerta para que los que salen le rindan cuentas, y el dueño, un individuo cuya tremenda corpulencia hace honor al eslogan de la casa, aparece de vez en cuando a echar un vistazo, imagino que, a juzgar por la cantidad de fotos de famosos que retratados junto a él decoran las paredes, se asoma a comprobar si ha recalado hoy por allí alguna cara conocida. A nuestro lado, un borracho habla del tiempo, habla con los camareros del tiempo, habla con la chica solitaria que hay sentada junto a él del tiempo; monologa sobre el tiempo y pide otra cerveza para alimentar su enorme curda.

Cabría preguntarse si la escena-secuencia que transcurre ante nuestros ojos con múltiples personajes entre los que nos incluimos nosotros ha sido astutamente preparada por su dueño, que tiene por orgullo mantener en pie un rincón del viejo Nueva York, pero no, Eisenberg's es siempre fiel a sí mismo. Y si es así, los que entramos, adoptamos de alguna manera el aire de los que estuvieron sentados aquí, sobre los taburetes, hace más de ochenta años.

A veces, cuando nuestro estómago no se encuentra receptivo a ese plato maravilloso de grasa, nos vamos a otro lugar cercano y alegre, el Live Bait, un restaurante que en Madison Square, mirando al Empire State, rinde homenaje al estilo sureño. Es un pastiche decorativo, sí, pero bien conseguido y que muestra el ingenio de los decoradores americanos para recrear ambientes. Hay azules, verdes marítimos, hay peces enormes de chapa y madera colgados por las paredes, tan habituales en la artesanía popular americana. Hay una nostalgia de Louisiana flotando en el aire. Hay sillas de un naranja opaco donde puedes sentarte, después de esperar en la barra un buen rato, a probar el Gumbo, una sopa contundente de arroz y gambas enormes, muy reconstituyente en los días de frío.

*Un rincón del viejo Nueva York, Eisenberg's es siempre fiel a sí mismo.*

Hace unos cuatro años estuve allí con una mujer a la que había conocido ese mismo día. Me la presentó un amigo y ella se lanzó a contar, sin pretensiones ególatras, con una envidiable naturalidad, historias fascinantes sobre su propia vida, la fui siguiendo y alargando lo que iba a ser una cita breve, hasta que acabamos en el Live Bait. Ella me dijo que, lamentablemente, no podía más y tenía que salir a fumarse un cigarro.

—¿Lo estás dejando? —le pregunté.

—No, he empezado hace tan sólo un mes.

—¿Y por qué ahora?

—Porque acabo de adelgazar cuarenta kilos.

La miré. Antes de que me dijera eso la hubiera calificado como una mujer gordita, rellena, carnosa. Traté de imaginarla con cuarenta kilos encima.

—Ya no podía respirar. Me acaban de operar del estómago.

Y a partir de ahí mi insaciable curiosidad no me dejó contenerme y estuve preguntándole otras dos horas sobre cómo se vive con un estómago reducido a la cuarta parte. Mientras me lo explicaba, se pidió una bandeja de ostras, que en el Live Bait gozan de gran prestigio. Y mientras yo me tomaba un zumo, porque estábamos en ese momento de la tarde en que una no sabe qué pedir, iba escuchándola fascinada y presenciando cómo apoyaba la concha del animal en el labio y dejaba caer esa carne babosa de mar en su boca. Nunca me ha gustado comer animales de concha. Y he visto chupar muchos caracoles cuando era niña, pero mi imaginación los convierte en gusanos o en babosas flotando en la barriga. Cuando como gambas no pienso en el bicho, en el crac que emite la cáscara cuando se chupa o se abre con los dedos. Menos aún las gambas neoyorquinas, que no tienen el rosa anaranjado de las gambas mediterráneas sino que se presentan en los mercados enormes y grisáceas, primas hermanas de los insectos, y que vuelven aún más grimoso el crac, tan cercano al sonido que hace la cáscara de una cucaracha cuando se la pisa, que inevitablemente suena al desvestirlas.

Mi amiga de aquella tarde, de aquella única pero intensa tarde, puesto que no la he vuelto a ver, me describió la manera en que una personalidad de mujer obesa ha de adecuarse de pronto a un estómago diminuto. ¿Y qué pasaría, le pregunté sin eludir el morbo, si un día decides comer más allá de lo que esa cavidad te permite?

—Simplemente, no podría. Mi cuerpo lo expulsaría.

A partir de ese momento, temí que la ostra que tragaba fuera la última que su estómago admitiera, y que agitado su cuerpo por el rechazo a un cuerpo sobrante, expulsara de su boca la ostra a propulsión y me diera en plena cara. Por fortuna, no fue así. Aquella mujer, libre ya de cuarenta kilos y en camino de librarse de otros veinte; aquella mujer, libre de gran parte de aquella otra mujer que había sido hasta hacía apenas cuatro meses, se despidió de mí en la puerta del Live Bait tras degustar esa extraña merienda. E inevitablemente ese lugar estará siempre unido en mi memoria a la historia de una persona camino de convertirse en otra. La comedora de ostras, la contadora de múltiples historias, desapareció. Y cuando menos lo esperaba, me la crucé en un acto social. Me costó reconocerla porque ya se había deshecho de la tercera parte de ella misma. Levantó la mano para saludarme, sonrió, y entonces la reconocí. Estuve a punto de seguirla, como los niños de Hamelín siguieron al flautista, pero ella no hizo amago de acercarse y para qué forzarlo, si su recuerdo sigue tan vivo en ese bar sureño de Madison Square.

# La caída, los niños que dejaron de serlo, un asesinato y un armadillo

Hace cuatro días me caí al salir del ascensor de casa. No fue una caída anecdótica, fue una caída brutal. El ascensor no se había quedado nivelado con el suelo y yo tropecé con el escaloncillo. No encontré ningún punto de apoyo, así que primero aterricé con la mano y el codo, luego las rodillas y para rematar caída tan aparatosa me di en la cabeza con la pared de enfrente.

Yo me caigo bastante a menudo. Porque soy muy despistada y porque tengo los tobillos laxos, pero también me levanto como un resorte. Porque tengo sentido del ridículo y porque, aunque parezca una paradoja, sé caerme. Me he caído muchas veces. Y más en Nueva York. El primer invierno que pasé aquí me resbalé en la capa de hielo que se suele formar en la esquina de las aceras después de una nevada. Me quedé tumbada, como un pescado, encima de la superficie helada. El enorme plumas negro que de la cabeza a los pies me protege desde hace siete años de los días más críticos contribuyó también en esta ocasión y en otras a que no me rompiera las costillas. Una señora negra, a la que recuerdo con la cara de la abuela que aparece al final de la película *Smoke*, me tendió la mano para ayudarme, y me dijo, con el mismo tono con que han reñido las abuelas desde que el desarrollo evolutivo les otorgó su papel: «Hay que tener cuidado, cariño, hay que tener cuidado.» La célebre reprimenda cariñosa por no mirar dónde pisas.

También me caí en el Duane Reade que teníamos debajo del apartamento de la Tercera Avenida. Entré en ese paraíso de la droguería-perfumería y, como acababan de fregar, resbalé y caí de culo. Varios empleados me levantaron a una, cada uno de una extremidad, como si estuviéramos en Broadway haciendo un número musical y ellos fueran mis boys. Fue impresionante. Luego me dijo Antonio que es probable que hubieran acudido aterrados al percatarse de que no habían instalado la señal amarilla obligatoria que avisa a clientes o viandantes de que el suelo está resbaladizo. No, no había señal. Cuando te caes y no hay señal todo el mundo te dice que eres tonta porque les habías podido meter un puro. Incluso Antonio, me dijo, eres tonta porque les podíamos haber metido un buen puro. Y a la víctima le queda la impresión de que caerse y no demandar a alguien es tirar el dinero. No sé a quién he salido yo en este imperdonable desapego a lo económico: mi padre, un adelantado a su tiempo, ya en el año 1961 demandó a la empresa de transportes gaditana por haberse enganchado la americana en un autobús con un maldito clavo de un asiento. Le pagaron otra chaqueta y de pronto se vio con dos, recuerda con alegría, la zurcida y la nueva. Caprichos de la genética: yo me siento tan ridícula por caerme que lo único que deseo es la invisibilidad inmediata.

También me he hundido en los charcos que se forman en los socavones cuando la nieve se derrite. La negrura de la superficie se confunde con el asfalto, de tal modo que pisas y de pronto te ves con el agua hasta las rodillas. Es como un bautismo de fuego en la ciudad, una experiencia iniciática obligada: quien no se haya visto metido en uno de esos charcos tremendos es que no ha paseado mucho. O que es muy listo, lo cual, como se ve, no es el caso. Pero celebro mi suerte porque todavía no me he caído en una de esas cuevas de almacenaje que casi todos los establecimientos tienen en la acera y que, varias veces al día, dejan con las puertas metálicas abiertas para que los mozos bajen y suban cargados de cajas por unas escaleras no menos empinadas que las de los bomberos. Una vez fui testigo de cómo una niña que caminaba con su madre desaparecía por uno de esos abismos. Desde entonces, he temblado ante la posibilidad de despeñarme por uno de esos agujeros negros, perder el conocimiento, que los mozos al no advertir mi presencia echaran el cierre a las compuertas y me dejaran allí, toda la noche, a merced de los roedores.

Pero aun con todas estas caídas no había experimentado ninguna tan traumática como la de la otra noche. A los cuatro días las señales son visibles: una enorme protuberancia en la cabeza, dos rodillas hinchadas y amoratadas, un dedo de la mano dolorido y señales que van apareciendo cuando ya no contaba con ellas. Tengo la esperanza de que todo este cuadro de dolor, textura y color me dure hasta que vuelva Antonio de Buenos Aires. Le he asegurado que el golpe fue tan tremendo que no quiero que se decepcione. El doctor Gasca me dijo si yo le había intentado tranquilizar por teléfono y le dije: «Para nada, muy al contrario, lo que quiero es que se preocupe.» Soltó una carcajada. Nos vamos riendo. De cualquier manera, no me puedo quejar, porque si algo no me ha faltado en estos días de convalecencia han sido vecinos terriblemente preocupados.

Pero si me animo a narrar el tropezón no es porque en sí fuera memorable sino porque es una de esas experiencias de las que, en esta ciudad, o en este país, se extrae algo parecido a esa pequeña sustancia que revela el tipo de sociedad en la que estamos viviendo.

Vuelvo al inicio de la otra noche. Estoy sola en la ciudad. Ya no me arrastra la tentación de la calle como en aquellos días antaño en los que me dejaba llevar por un zascandileo insensato. Ahora trato de seguir una rutina, de levantarme temprano, bajar a Lolita al parque, escribir, comer a mi hora, escribir, interactuar en las redes sociales lo justo para no considerarme una web-dependiente y, a fin de no quedarme atrapada en las amistades virtuales, citarme con alguien para cenar. Así me aireo. Una vida ejemplar.

La noche de la caída quedé con Ana Cifuentes. Ana es una economista brillante, que trabaja en algo tan complicado (aquí) como los seguros médicos. La conocí más que casualmente. Me escribió hace un par de años para decirme que era asidua a mis crónicas del periódico y que, según mis relatos, había concluido que debíamos vivir muy cerca. Le contesté diciendo que, efectivamente, vivíamos las dos en el glorioso Upper West, y me despedí con esa frase tan española que apela más a la gentileza que al verdadero compromiso de: «A ver si un día tomamos un café.» Se lo tomó al pie de la letra.

No soy muy partidaria de entablar relaciones de amistad con los lectores. En más de una ocasión me he encontrado con la desagradable sorpresa de que algunos lectores quieren que respondas a la idea exacta que ellos se han hecho de ti, o exigen una relación epistolar continuada, o más aún, una amistad estrecha e inmediata. También los hay que te ofrecen un cariño prudente y desinteresado, por supuesto. Pero decepcionar a un lector cuando te presentas en persona es siempre un pellizco doloroso.

Cuento esto para confesar que si traicioné mi costumbre de mantener las distancias fue por una cuestión interesada. Ana me dijo que vivía en el Ansonia, uno de los edificios emblemáticos del Upper West. De la misma manera que cuando fui a entrevistar a Lauren Bacall al Dakota me interesaba casi tanto el entorno como ella (y no me decepcionaron ni el aspecto humano ni el arquitectónico), en el café que accedí a tomar en casa de esta lectora se incluía la oportunidad de husmear por los pasillos de aquel edificio que tantas veces he admirado en mis paseos diarios.

El Ansonia se construyó unos años después del Dakota y es aún más imponente. Era un hotel originariamente y el propietario, el millonario Stokes, concibió el edificio como un universo total. En el tejado mandó instalar una granja, sí, ¡una granja! Con gallinas, cabras, patos, pollos, todo lo necesario para que los residentes tuvieran alimentos de los que ahora se denominan orgánicos. Fue el inventor de algo que hoy se considera tan novedoso como es la granja urbana. Desde luego, también tiene, como el Dakota, un aire spooky, por ser fiel al adjetivo que utilizó entre risas Lauren Bacall y que se atribuye a los lugares que pueden estar habitados por fantasmas y provocar escalofríos. No es casualidad que aquella siniestra película de *Mujer blanca soltera busca*, en la que aparecía la inquietante Jennifer Jason Leigh, fuera rodada entre estos muros tremendos, ideales para asesinar sin que nadie interfiera en tu intimidad y también para ensayar música sin molestar a los vecinos.

Viejo, tremendo, precioso, con mullidas alfombras floreadas cubriendo el suelo de unos pasillos de tamaño principesco. Más de un hotel elegante de las antiguas ciudades centroeuropeas que de un edificio neoyorquino de

*«Escriba, por favor, escriba sobre Harlem.»*

apartamentos. Ventanales hasta el suelo de cuarterones de madera pintados en blanco y muy gastados, espacios cuadrados, generosos, solemnes. No me decepcionó. Tampoco la pareja que me esperaba (ella española, él suizo) con un buen vino y una atenta y cultivada conversación. Pasaron a ser habituales. Lo dicho: lo material (el Ansonia) lleva al espíritu (la amistad).

La noche de autos Ana y yo nos citamos en un restaurante en el que muy raramente se encuentra mesa, el Red Rooster. No es excesivamente caro, puesto que su menú se basa en la comida tradicional y de mil acentos del viejo Harlem, y está situado en el Spanish Harlem, zona a la que no se anima a ir todo el mundo, no por ser hoy en día un lugar peligroso sino porque no disfruta de esa oferta de comercio y restaurantes que tienen los otros barrios neoyorquinos. Pero aun estando lejos de lo que cualquier maniático habitante de Manhattan desea, este restaurante se ha convertido en poco tiempo en uno de los que emanan más encanto de la ciudad. Los críticos lo definen como un verdadero centro de diversidad, y es cierto. Hay una mayoría negra, de clase media, elegante, divertida, colorista, pero también se dejan caer blancos que se suman a un ambiente que siempre me resulta más cálido de lo que los locales de moda suelen ofrecer.

El Red Rooster tomó el nombre de un histórico speakeasy de la zona, y su dueño, el sueco-etíope Marcus Samuelsson, concibió el local como una manera de reivindicar un barrio que, en sus días de gloria, disfrutó de una intensa vida cultural y callejera. En ningún sitio he visto mujeres negras maduras con tanto estilo, ni mujeres jóvenes negras tan guapas. La primera vez que cené allí fue con mi amiga Bisila, que en su condición de negra africana supo llegar a la cita envuelta en colores llamativos, brillante, con una alegría en el vestir que luce mejor en las pieles morenas. Pero fue aquella noche con Ana cuando Marcus, el propietario que se ha convertido en un chef muy popular en la ciudad, se nos acercó. Nos vio blancas y extranjeras, imagino, y nos preguntó qué hacíamos por allí y en qué trabajábamos. Me dedicó una sonrisa sugestiva y me dijo: «Escriba, por favor, escriba sobre Harlem.» Y eso hago. No escribo sobre Harlem, porque conozco el barrio relativamente, pero sí de este restaurante cercano al Lenox Lounge, donde hemos estado alguna vez para rememorar un escenario real de los años treinta donde tantos músicos de jazz tocaron y un joven Malcolm X se sentó en uno de sus reservados. Escribo sobre aquella noche y sobre la invitación a escribir de ese negro elegante y exitoso que ha sido adoptado por la crítica neoyorquina con el entusiasmo que suele desplegar una persona que carga de sentido, filosófico o humanitario o artístico, un proyecto comercial.

Salimos del calor y el bullicio del Red Rooster, dejamos atrás a toda esa clientela que de verdad reía y de verdad bebía y de verdad disparataba en torno a su preciosa barra y tomamos el metro. Más por iniciativa de Ana que mía, que siempre tengo levantada la mano para parar un taxi. Fuimos charlando en el metro hacia nuestro barrio. Cuando salimos en el Upper West echamos a andar. Íbamos despacio, disfrutando de uno de los primeros días de una primavera tan deseada, charlando y parando, según es mi costumbre, cada poco, para enfatizar una frase o expresar asombro. Me dejó en mi portal del Duke Ellington Boulevard y pensé que era una suerte tener que bajar yo ahora a Lolita, prolongar esa noche de brisa tan delicada. Bajé con la perrilla a la calle. Ella se detuvo ante cada paseante que se nos cruzaba esperando un saludo, una caricia, un jugueteo. Y cuando hizo aquello que tenía que hacer, volvimos a casa.

Casi siempre subo por las escaleras, aunque vivo en un tercero. La razón es que mi casa tiene una particularidad notable, que encandila a los visitantes y a mí me irrita. No hay portero pero sí ascensorista. Eso, en un principio, debería ser el colmo de la elegancia. Se trata de una máquina elevadora de los años treinta, año en el que fue construido el edificio, con una manivela que manejan los ascensoristas. Cuando un edificio es verdaderamente elegante hay ascensorista y portero. Algo que no es raro encontrarse en un buen apartamento del Upper East. Incluso que el ascensor se abra en tu propio recibidor. En el mío, en mi edificio, no se trata más que de la preservación de una antigualla, de un aparato irritante y lento, puesto que has de esperar a que el ascensorista nivele el aparato y abra la puerta metálica de acordeón. Imagino que las razones por las que se mantiene el aparato no son estéticas sino económicas: la mayoría de mis vecinos rozan o han alcanzado mayoritariamente la senectud y no quieren gastarse dinero en un ascensor automático. Tienen los neoyorquinos un afán ahorrativo que unas veces admiro y otras me inquieta: toda la ciudad está hecha de parches, parches que son consecuencia en ocasiones del poco gasto público pero en otras del poco gasto privado. Es mejor no pensar en el número de apaños, retoques, parches y chapuzas que sostienen la ciudad de Nueva York, como es mejor no pensar en los tornillos oxidados que Antonio va añadiendo para su colección de «piezas que se le caen al puente de George Washington».

La paradoja con la que te encuentras cuando vuelves a la histórica Europa es que el primer pensamiento que se te viene a la cabeza es: «Qué nuevo está todo en el Viejo

Mundo.» Y de nuevo debo agradecerle al actor Marcello Mastroianni, tan amante y observador de las ciudades, que me diera la gran clave para entender esta ciudad, al definirla como la Venecia del siglo XX. Una definición premonitoria, porque Nueva York será más Venecia que nunca en el siglo XXI, dedicada en cuerpo y alma a mantener su encanto para los turistas en contra del óxido del tiempo.

Pero volviendo a lo concreto, mi edificio, el resultado de mantener un cubículo tan poco práctico es que lo que verdaderamente tenemos es un portero (o cinco, porque hacen turnos) metido en un ascensor al que tus visitantes han de llamar desde el timbre de la calle para que baje a abrirles desde el piso en el que se encuentre. Muy práctico. A los visitantes el ascensor manual les va pareciendo menos elegante y menos encantador conforme van viviendo la experiencia de tener que esperar en la calle una noche de frío rabioso a que el hombre uniformado descienda del décimo piso, porque en pro de la seguridad del edificio los apartamentos no gozan de telefonillo.

Pero, por otro lado, los Elevator-Men son encantadores. Es ésa la razón por la que cuando casualmente me encuentro a uno de ellos en el lobby me dejo invitar por él a un viajecillo. Para no hacerle un feo. ¿Cuál sería el futuro de un Elevator-Man si todos los vecinos decidieran subir por las escaleras?

Esa noche, al entrar en el portal con la alegre Lolita, el ascensorista de turno estaba cediendo el paso a otros vecinos. Yo creí que podía zafarme y subir por las escaleras pero la perrilla, gran amante de los operarios, se lanzó a saludarle y hube de montarme yo también. Por no hacer un feo. Íbamos cinco en el ascensor: una pareja gay, una chica joven, el ascensorista y yo. Todos le hicieron fiestas a Lolita. Ella, como suele, se puso boca arriba en medio del grupo para que le acariciaran la barriga. Las tetillas, siendo más exactos.

La noche no podía haber sido más perfecta: el Red Rooster, el dueño Samuelsson y su «¡Escriba sobre Harlem!», la sensación de comportamiento ejemplar por haber venido en metro a casa, la conversación, la caricia de la primera brisa primaveral, Lolita y su ciega fe en el ser humano. Una de esas noches en que la vida parece un musical. Pues bien, el amable ascensorista paró en mi piso. No recuerdo que dijera aquello de «watch your step», que es la frase obligada que ha de pronunciar un ascensorista que maneja el ascensor con manivela, o tal vez es que tanta acumulación de dicha me tenía distraída; el caso es que salí sin mirar donde pisaba, el ascensor no estaba nivelado, tropecé con el escaloncillo y la secuencia fue tal y como la he contado: manos, codo, rodillas, cabeza. Cabeza, sobre todo cabeza, que fue lo que hizo retumbar la pared y alertó a mi vecina del apartamento de al lado.

Hasta la otra noche sabía caerme y levantarme como un tentetieso, pero en el caso que nos ocupa me quedé, literalmente, medio tumbada en el suelo, con Lolita a mi lado, mirándome atónita, sin reaccionar, y a los cuatro seres humanos con los que viajaba en el ascensor rodeándome. Al llevarme las manos a la cabeza, la joven compañera de viaje, que era enfermera, se alertó, y entonces comenzó un interrogatorio del que yo quería zafarme como fuera, arrastrándome si hubiera sido preciso hasta la puerta de mi apartamento. Pero nadie parecía dispuesto a terminar la escena. Me pusieron en pie, en esta ocasión con más cuidado y lentitud que los boys del Duane Reade, y me preguntaron si veía bien, si me sentía mareada, si tenía ganas de vomitar.

Veía bien, sí, veía la cara desencajada del ascensorista, que tal vez estaba tratando de recordar si había pronunciado el mantra de los Elevator-Men, «watch your step», y si había dejado el ascensor demasiado desnivelado. Y yo, a pesar de estar, sí, muy mareada, y a pesar del mal cuerpo y de las ganas, sí, de vomitar, conservaba intacta mi enfermiza capacidad para ponerme en el lugar del otro y sentirme culpable por la desgracia del otro y pensaba que el otro estaba aterrado con la posibilidad de perder su trabajo. Un hombre tan cálido, entregado con entusiasmo a la fatigosa tarea de reproducir una vez y otra y otra esa prototípica conversación de ascensor que existe desde que existen los ascensores, de pronto abocado, tras años de viajes sin sobresaltos, al paro o a la denegación de la greencard tras un juicio en el que se le consideraría culpable de traumatismo cerebral por negligencia. Eso es literalmente lo que pensé; escrito así puede parecer melodramático o incluso humorístico, pero una mente como la mía trabajando a solas puede llegar muy lejos.

A solas. Al ascensorista y a la enfermera se les transformó la cara cuando les dije que mi marido estaba de viaje, y aunque yo trataba de meterme en casa y cerrarles la puerta para rumiar sin testigos mi dolor y mi vergüenza, no había forma de que me abandonaran. Les prometí que les avisaría si me encontraba mal y sólo aceptaron cuando prometí que no le echaría el pestillo a la puerta. Al fin salieron y pude hacer lo quería: sentarme en el sofá y gemir, y tocarme un poco morbosamente, como cuando era niña, todos los lugares del cuerpo que al día siguiente aparecerían morados.

Por fortuna, la piel no se rompió y no me salieron costras. Tal vez me las hubiera arrancado como antaño. No lo sé. No pongo la mano en el fuego por esta adulta que soy ahora. Pero lo que debería haber sido un capítulo de dolor solitario en una ciudad que te es ajena en cuanto uno se siente frágil se acabó convirtiendo en un sainete neoyorquino. Me acosté. A la media hora, llamó a la puerta la enfermera. Lolita empezó a ladrar. Cojeando fui hasta la puerta. «Recuerde —me dijo—, es mejor que no se duerma en una hora y si siente algo raro vivo en el sexto.» Le di las gracias, le aseguré que no me dormiría y advertí que me miraba con desconfianza, como estudiándome, como tratando de descubrir un signo de mi trastorno. Me acosté de nuevo. Pasó un rato. No sé cuánto. Habían pasado unas diez páginas de la biografía de Salinger que estaba leyendo y otra vez llamaron a la puerta. Lolita ladró. Me puse una bata y abrí. El ascensorista. Que estaba muy preocupado. Traté de sonreír. De no hacer ningún gesto de debilidad, sueño o impaciencia. Le prometí que si advertía algo le llamaría. A él, el primero. Le dije que había sido más el susto que el golpe y que con el sueño todo se pasaría. Y él se alarmó y dijo que no, que no, que no me podía dormir. Y como no teníamos más que añadir (a no ser que le hubiera dicho que se metiera en la cama conmigo, si así se quedaba más tranquilo), cerré la puerta sin alargar la despedida. Me metí en la cama. Esta vez con la bata, por si tenía que volver a levantarme. Después de dos horas de espera, ya completamente despejada y con el sueño perdido, me tomé un somnífero. Asumí el riesgo. Y debían de ser las tres de la madrugada cuando caí rendida. Entre sueños, volví a escuchar la puerta. Y el ladrido de Lolita y casi sin abrir los ojos asumí que me tenía que levantar para abrir a la enfermera, al ascensorista, a la pareja gay. Pero no. Allí estaba el superintendente. El súper. Me debió de ver el gesto remoto de quien aún está más dormido que despierto. «Perdone

—me dijo—, son las ocho.» ¿Las ocho? ¿Ya era de día? «Vengo porque me dijo el ascensorista que no se iba a poder dormir antes de saber si usted había pasado la noche bien.» Ah, la estaba pasando todavía... Le pedí que le dijera que había pasado una noche estupenda.

Pero está visto que nadie me creyó del todo, porque estos días, los días posteriores a la noche de la caída, no he dejado de informar a los vecinos sobre mi estado de salud, sobre todo el mental. La enfermera ha informado al board del edificio; la vecina de al lado llamó a casa para decirme que ella había oído el golpe y que ahora ya estaba al tanto de que era un golpe en la cabeza; noto que los demás ascensoristas me tratan con especial cuidado y que cuando voy a salir del ascensor me advierten, a veces hasta dos veces, que tenga cuidado con el escaloncillo y procuran nivelar las dos superficies al máximo, y en cuanto al desgraciado ascensorista al que he estado a punto de arruinarle una trayectoria intachable, no las tiene aún todas consigo, y esta noche, cuando subía con él de pasear a Lolita, me dijo con cara trágica:

—Yo estoy muy preocupado por usted, así se lo digo.

—Pues ya no tiene que preocuparse, que ya ve que no me ha pasado nada.

—Ah, eso todavía no lo sabemos. Mire esa actriz tan famosa... La que se cayó esquiando y se golpeó en la cabeza...

—Miranda Richardson.

—Esa misma. Se levantó y se volvió a casa y parecía que no había sido nada y a los tres días se había muerto.

—Vaya, pero no se me ponga usted en lo peor.

—Ah, claro que no, en la vida siempre hay que ser

*Un lugar en el que siempre me he sentido abrigada en los momentos de desamparo: el Barney Greengrass.*

optimistas, pero hay que vigilar ese golpe en la cabeza, hágame caso, que usted no sabe cómo fue.

—Bueno, sí que lo sé...

—Pero usted no lo vio como yo lo vi.

—Eso no, claro.

—Y el ruido despertó a su vecina. Así que, ya sabe, para lo que quiera.

Me pregunto qué hubiera pasado si en vez de caerme en el interior de mi edificio me caigo en la calle, sin nadie a quien denunciar ni board a quien dar parte. Me lo pregunto mientras paseo por Columbus, en la primera excursión que hago desde que me caí. No es sólo que me duelan las rodillas al andar, es que le he tomado miedo a caerme de nuevo y ando como si fuera una vieja sin andador, con sumo cuidado. Pero mañana llega Antonio y quiero esperarle con todas las golosinas que sé que le gustan: las brioches y las scones de Levain Bakery; el embutido italiano del Salumeria Rosi, un pequeño restaurante que se ha abierto un hueco en esto que los críticos llaman «el erial culinario del Upper West»; la cremosa mozzarella del Fairway y ¡la mejor pasta rellena de langosta de la ciudad!

Sé que le van a impresionar mis rodillas cuando las vea, aunque he tratado de ser muy gráfica en nuestras conversaciones telefónicas para que el hombre tranquilo que es tenga una preocupación a la altura de mi golpe, como le expliqué al sonriente doctor G. La permanencia de los dolores musculares y la alteración anímica que provoca la llegada tan anhelada de la primavera me hacen acariciar pensamientos melancólicos a los que me entrego durante todo el paseo. Pienso, por ejemplo, que no estaría aquí si tuviera que vivir sola, si después de un golpe no contara con alguien a quien poder esperar, por quien poder preparar una espera. Y también que él sí estaría aquí aunque estuviera solo. Pero nunca hay que fiarse de las emociones extremas que esta ciudad provoca, ni de la exaltación de la felicidad ni de la que se pone en marcha en los momentos grises. Lo raro es conservar aquí una templanza de ánimo.

Como estoy sola y un poco perdida, recurro a un terreno conocido, a un lugar en el que siempre me he sentido abrigada en los momentos de desamparo: el Barney Greengrass. Sólo su cartel, de una tipografía cálida de los años treinta, me atrae como si fuera un luminoso, aunque Barney's nunca ha tenido ni tendrá un luminoso, porque cierra sus puertas a las cuatro de la tarde. Barney's se rige por principios inamovibles: no se reserva, no abre de noche, no se paga en la mesa sino en el mostrador del delicatessen donde uno de los descendientes de la dinastía Greengrass te cobra, amable pero sin forzar la simpatía. Tampoco los camareros del Barney's hacen esfuerzos por ganarse su propina; sin embargo, de qué manera misteriosa he conseguido hacerme un hueco en ese mundo tan sincero como áspero. Entré en el local hace unos siete años, el primer invierno de esta vida neoyorquina, de la mano de un joven amigo cuya infancia se había desarrollado en el Upper West. De la misma forma que su infancia olía al supermercado Zabar's, la sopa que tomaba su abuelo judío debía desprender el mismo olor a pollo y a bola de sémola que la que a diario preparan en Barney's. A partir de aquel mediodía helado de enero comencé a ir, la mayoría de las veces, sola. Y tal vez fuera por eso que los camareros empezaron a tratarme como si fuera una clienta más, con la misma confianza y la misma prudente

*J. D. Salinger con su hija Margaret.*

cercanía. Más tarde descubrí que el Barney's había sido el escenario de algunas escenas memorables del cine, como aquella final de *Smoke*, y escribí un artículo en el periódico sobre este sitio que era ya mi sitio en la ciudad. Al ir a pagar, la siguiente vez que fui, el dueño me dijo que estaba invitada: el artículo les había llegado por unos amigos de Barcelona. Pero aún eran más emotivos los detalles de uno de los camareros, un muchacho joven que alternaba su trabajo en Barney's con una carrera incipiente de actor. Más de una vez tenía el detalle de poner sobre la mesa, sin decir nada o, simplemente, guiñando un ojo, unos blintzes, esas deliciosas crêpes rellenas de queso y acompañadas de crema agria. El postre que seduce hasta a aquellos a los que no les apasiona el dulce.

Empecé a ser la escritora española, la que comía sola o la que de vez en cuando llevaba a amigos. Si iba acompañada, el camarero con más solera, un tío alto con los rizos permanentemente despeinados y una indisimulada impaciencia, se dirigía a mí y decía: «Entiendo que tú eres la jefa», para que yo decidiera por todos y abreviara el trance. También había otro camarero, letrista de canciones, que estuvo escribiendo una novela durante dos años; pero todos, el actor, el letrista o el consumado camarero aceptaban que el Barney's no era ese tipo de lugar en el que los empleados deben recitar los especiales del día como si fuera la letra de un musical o comunicarte que el plato que tú has elegido es su favorito. No, el estilo de la casa era y es contagioso: sobriedad y amabilidad sin excesos. El resultado es que cuando, por alguna misteriosa razón, te sientes particularmente mimado, se establece un lazo que se traduce en que hoy, día de nubarrón, de sentimientos encontrados con respecto al sentido de mi vida aquí, hoy, día de espera, día en que me gusta regodearme en mi fragilidad y en pensamientos dañinos, acudo atraída por sus letras de tipografía de principios de siglo a que me traten como si mi presencia en esta ciudad fuera necesaria.

Y así es exactamente después de casi un año sin venir, un año en el que el camarero actor ha estado probando fortuna en Los Ángeles y el camarero letrista ha tratado de ganarse la vida escribiendo canciones y los dos han vuelto. No pregunto demasiado por no ahondar en lo que podrían ser intentos fracasados de cambiar de vida, como tantos otros que se producen a diario en esta ciudad que exalta en exceso los ánimos y hace promesas que luego no cumple.

La primera vez que pensé en esta ciudad como escenario real, no como escenario de película sino como escenario de la misma vida, fue al leer en el instituto *El guardián entre el centeno*. Mi experiencia no es extraordinaria: aquel libro provocaba un entusiasmo contagioso y una vez que alguien cercano lo descubrió fue pasando de mano en mano e influyendo en nuestra actitud ante la vida y en nuestra forma de razonar. *El guardián entre el centeno* nos enrocaba aún más tozudamente en la adolescencia, como si provocara un orgullo de pertenecer a esa primera juventud en la que la vida, según Salinger, está a punto de ser corrompida para siempre y sin remedio. Según Salinger. Aunque los pensamientos de Holden Caulfield que más inmediatamente populares se hacían entre nosotros eran aquellos referidos a los patos de Central Park, al baile con aquella chica «que bailaba como si arrastrara la estatua de la Libertad por toda la pista», a los granos que se explotaba su compañero en el internado o a su relación con su pequeña y adorable hermana Phoebe, el episodio que con más fuerza despertó mis deseos de estar alguna vez en estas calles fue el dedicado al Museo de Historia Natural. Aunque en esas páginas está presente, como en toda la novela, la nostalgia de Holden por la inocencia vulnerada de su infancia, también expresa, casi por vez primera, que hay en la vida cosas sólidas que permanecen a pesar de la corrosión del tiempo y en las que uno puede creer. Animada por la reveladora biografía que acabo de terminar de Kenneth Slawensky vuelvo a leer *The Catcher in the Rye* y, prodigiosamente, como si el tiempo no hubiera pasado saltan de nuevo a mis ojos estas palabras entre todas las palabras del libro:

> Pero lo que más me gustaba de aquel museo es que todo estaba siempre en el mismo sitio. No cambiaba nada. Podías ir cien mil veces distintas y el esquimal seguía pescando, y los pájaros seguían volando hacia el sur, y los ciervos seguían bebiendo en las charcas con esas patas tan finas y tan bonitas que tenían, y la india del pecho al aire seguía tejiendo su manta. Nada cambiaba. Lo único que cambiaba era uno mismo. No es que fueras mucho mayor. No era exactamente eso. Sólo que eras diferente. Eso es todo. Llevabas un abrigo distinto, o tu compañera tenía escarlatina, o la señorita Aigletinger no había podido venir y nos llevaba una sustituta, o aquella mañana habías oído a tus padres pelearse en el baño, o acababas de pasar en la calle junto a uno de esos charcos llenos del arco iris de la gasolina. Vamos, que siempre pasaba algo que te hacía diferente. No puedo explicar muy bien lo que quiero decir. Y aunque pudiera, creo que no querría.

*Antonio decía que algo de aquello se les quedaría.*

Todo siempre en su sitio. Sólo eres tú quien cambias. A veces se trata de un abrigo distinto, pero otras, casi se podría decir que has cambiado de piel. Este museo por el que paso ahora, como tantas otras tardes, en esta avenida que es mi avenida, que es más mía que cualquier otro rincón de Manhattan, me trae intacto el deseo adolescente de querer estar en una ciudad donde existiera un caserón tintinesco que albergara animales eternos en el hábitat eterno de los dioramas, juguetes que alegraron la infancia de los niños de las tribus indias, o enormes esqueletos de mamuts y dinosaurios. No hay nostalgia hacia esos días de adolescencia porque mi deseo se ha cumplido. Paso por su parte trasera casi todas las tardes, cuando me recorro el barrio de norte a sur; en ocasiones, cuando nos visitan niños, entro, o cuando hay una de esas exposiciones raras y didácticas, como aquella de ranas sorprendentes, amarillas, pardas, enormes e inofensivas o diminutas y venenosas. Pero sí me produce una cierta melancolía el recuerdo de aquel septiembre de 2001 en el que trajimos a los chicos aquí por primera vez. Ya no eran niños, o sí lo eran en el fondo. Rondaban los tres la edad de Holden Caulfield. No creo que los años les hayan robado la inocencia, porque mi adoración literaria por Salinger no llega al punto de creer ciegamente en su tesis de que el crecimiento devasta el corazón del hombre. Es más, a veces, la adolescencia es la negación de la candidez de la infancia y de la experiencia de la edad adulta. Pero el tiempo ha convertido aquel mes de septiembre con tres adolescentes en algo digno de recordar, y aunque el atentado de las Torres Gemelas cubre y emborrona todos los recuerdos (porque además sólo hemos escrito acerca de aquellos días desde la perspectiva del que ha vivido de cerca el zarpazo de un horror de dimensiones inabarcables) no puedo por menos que sonreír al acordarme de nuestra visita a este museo, que fue el que más les gustó probablemente, y también de los otros museos que recorrimos, creo que todos o casi todos los de Manhattan, porque Antonio decía que a pesar de que a veces se les notaba que iban a regañadientes algo de aquello se les quedaría.

Tengo la imagen de aquellos tres herederos de Holden Caulfield, demasiado grandes ya para su escasa experiencia y torpes al no controlar todavía sus nuevas dimensiones. Los museos estaban vacíos, tan vacíos como estaban las calles aquella noche del 11 de septiembre en que los tres se quedaron en el apartamento y nosotros salimos a pasear por una Quinta Avenida fantasmal, como trucada por un maestro de la fotografía. Sin tráfico ni paseantes. Sólo un mendigo, repantingado en un sofá y con una tele conectada a una farola, parecía erigirse como el rey de un país en el que hubieran desaparecido los súbditos. Volvimos a casa y escribimos sobre ello para el periódico, y hablamos sobre ello en las radios, a deshoras y conscientes de que la cercanía nos impedía tener perspectiva sobre lo que había ocurrido. Pero una vez que escribíamos sobre el horror o sobre el olor a carne quemada, creciente según nos acercábamos a diario a las vallas de la zona acordonada, o sobre el espanto y la incredulidad que se había fijado en los rostros de gente tan independiente como la neoyorquina, que parecía buscar por vez primera los ojos de los otros, teníamos que dedicarnos a pasear y alimentar a los enormes y hambrientos niños. Así que hay un diario por debajo de aquellos acontecimientos, un diario de tono menor que ni se escribió ni se escribirá porque a ojos del lector nuestros pasos familiares quedan sepultados bajo el peso de una desgracia que afectó al mundo. Pero en un rincón de la memoria allí

*«¿Por qué esto precisamente es una elegía a la república española?»*

seguimos nosotros cinco. Todos menos la niña Elena, que se quedó en España porque tenía miedo de que nuestro avión chocara con un rascacielos y no hubo manera de convencerla. Su miedo fue premonitorio y ella fue la que, mientras veía las imágenes del impacto del primer avión, nos llamó desde Granada para decirnos, con mucha razón, que sus temores acababan de ser confirmados.

La memoria, selectiva y a veces injusta en su selección, ha permitido que reservemos sólo un pequeño espacio para lo que no fue exactamente la experiencia brutal del 11-S, y de vez en cuando nos reímos con algún recuerdo salvado de esos días. De cuando Arturo, por ejemplo, sobrepasado por una exhaustiva exposición al arte moderno, no entendía por qué un cuadro abstracto de Robert Motherwell se llamaba *Elegía a la República Española*.

—¿Por qué? —preguntaba.

—Pues porque sí —decía su padre.

—Ya, pero… —repetía señalando al cuadro—. ¿Por qué esto precisamente es una elegía a la república española? No lo entiendo.

—Si es que no hay nada que entender.

—Pero ¿por qué hizo esto y no otra cosa?

—Pues porque quiso —decía su padre con tono de impaciencia.

Y el niño, tozudo, valiente a su manera, seguía preguntando, aunque notara la irritación en la voz del padre. Y consiguió enfadarlo por no claudicar en su empeño de saber por qué un cuadro abstracto representa una idea o un sentimiento. Quería entender de pronto toda una convención del arte que los adultos hemos aceptado, renunciando a las claves y los rigores de la representación clásica.

Los estoy viendo mareados, pálidos de tanto estar de pie ante un cuadro o una escultura. El Whitney, el Moma, el Metropolitan, el Museo de la Ciudad. Un recorrido exhaustivo por cada uno de ellos. En el Museo de la Ciudad también estuvimos solos, tan solos que el conserje se asomó a la puerta cuando nos vio salir y nos dijo:

—¡Ay, Dios mío, que se dejan ustedes la planta de los bomberos, que es la más bonita!

Los estoy viendo en ese momento, a punto de llorar Arturo, cansado Miguel, serio Antonio hijo, los tres muertos de hambre y de saturación cultural. Incluso los bomberos, menos abstractos que Motherwell, acabaron sobrándoles. Los estoy viendo recuperar el color en el rostro cuando fuimos a comer una hamburguesa en Fiorello's y cómo ya reían cuando hundían las cucharas en ¡la ración más grande de tarta de queso de la ciudad! Con frecuencia nos acordamos de que el momento álgido de toda visita museística era cuando a la salida visitábamos la tienda de regalos. La tienda de regalos era el paso previo a la comida y la posibilidad de gastar su asignación en algún souvenir. Les gustaban infinitamente más las reproducciones que las obras de arte en sí. De pronto, sus miradas mortecinas cobraban vida y recorrían nerviosos de un lado a otro las tiendas tocándolo todo y buscando algo barato que comprarse. Sólo en el Museo de Historia Natural se rindieron ante lo que ofrecían las vitrinas. Los estoy viendo extasiados, como estuvimos nosotros la primera vez que visitamos Nueva York, como estuvo el alumno Salinger que cruzaba el parque con sus compañeros y su maestra para ver una vez y otra y otra esas escenas misteriosas de la vida primitiva de las tribus o esas otras de animales salvajes que parecen haber sido alcanzados por un rayo paralizador en un momento de máxima acción, de furia, de caza, que el oficio de los viejos taxidermistas convirtió en eterno.

Si se le pregunta ahora a Antonio sobre aquellos días de agotadora actividad museística, dirá: «De algo habrá servido; eso es como el ejercicio, el cuerpo tiene memoria y la mente también.» Si se les pregunta a ellos ahora, dirán: «Nos sirvió, claro que nos sirvió.» ¿Y si me lo preguntan a mí o si me lo pregunto yo misma? No sabría qué decir. No sé si tiene alguna relación el respeto y el interés que de hecho hoy sienten hacia el arte, o incluso el agradecimiento a quien con tanta generosidad les resumió aquello que sabía, de cada cuadro, de cada escultura, de cada edificio, con la manera agotadora en que todo eso se les mostraba.

«Yo soy como Settembrini —dice Antonio recordando al gran personaje de *La montaña mágica*—, un pedagogo.» Un firme creyente en los beneficios de la enseñanza, sí. Como Settembrini. Viendo cómo son ahora los chicos que se hicieron hombres sería lógico afirmar que aquellas lecciones paternas dieron su fruto; aunque yo tiendo a recordar sin nostalgia ni tentaciones de embellecimiento del pasado y lo estoy viendo como eran entonces: niños a punto de dejar de serlo, empecinadamente adolescentes, con caras de sueño, aburrimiento, hartazgo, seriedad repentina o alegría indisimulada ante los placeres simples de la vida, comer, comentar por lo bajo, dormir lo indecible o burlarse de nosotros. Si el futuro los moldeó como las personas interesantes y curiosas que son hoy no sabría decir qué porcentaje corresponde a la pedagogía y qué porcentaje a la casualidad.

He devorado la biografía de Salinger escrita por Kenneth Slawenski. Sé que peca de adorar al biografiado. Lo he percibido al leerla y lo he leído en las reseñas que se han hecho en los suplementos culturales americanos, familiarizados, aunque sólo sea por proximidad cultural, con el escritor. Sé que la adoración de Slawenski hacia el escritor es tal que rehúye todo aquello que en vida pudiera molestarle, que era mucho, y a veces da la impresión de que un Salinger fantasmal hubiera estado susurrándole en el hombro para que no abordara en profundidad todas las rarezas que le marcaron la vida. La lectora española que hay en mí se siente satisfecha con el detallado seguimiento que de la vida del autor hace el biógrafo, sobre todo de lo relativo a la segunda guerra mundial; pero la lectora americana que hay también en mí, la que ha ido haciendo acto de presencia en los últimos años, no puede evitar echar en falta la honestidad intelectual con la que un biógrafo debe meter la nariz en los terrenos incómodos.

Pero lo devoré. De Salinger me imagino todas las extravagancias posibles, las he intuido leyendo sus cuentos: la obsesión por la pureza estaba presente desde el principio y se fue transformando en una especie de religiosidad construida a su medida, entre el budismo zen y el misticismo cristiano. Sus historias, que a nuestros ojos juveniles se nos revelaban como un paradigma de la rebeldía, tienen sin embargo algo de rebeldía reaccionaria, en el sentido de que no es el progreso lo que desean sus personajes sino que no se cansan de reivindicar al hombre inocente, primitivo, simbolizado en todos sus cuentos por los niños, y añoran una sociedad no corrompida. Ahora lo veo claro y aun así me gusta, me atrae porque su voz literaria es única, es la voz de un ser humano contrariado, irritado, descontento, asocial. No espero ni deseo comprender al hombre que creó esa maravilla. No necesito admirarlo, ni asumir sus decisiones sentimentales, su pasión por las adolescentes, su falta de brío sexual, sus manías alimenticias o ese retiro monacal en forma de cabaña en donde olvidaba sus obligaciones como padre o como marido. Tampoco juzgo las irritantes condiciones que imponía en el formato y promoción de sus libros, la decisión de borrar su rostro de las solapas, la manía de invisibilidad que le hizo aún más visible. Todo esto lo imagino porque lo he leído con pasión, y nunca he esperado que el autor de *Para Esmé, con amor y sordidez* fuera el individuo más llano, sencillo y empático de la literatura. O tal vez es que en su imperioso deseo de ser llano y sencillo, de no convertirse en un ser condicionado por la celebridad, se convirtió en un obseso de la privacidad y eso alimentó su paranoia y su temperamento neurótico. Como dijo el escritor John Updike, Salinger fue el autor que puso en boca de Haulden Caulfield aquello de: «Los libros que de verdad me gustan son esos que cuando acabas de leerlos piensas que ojalá el autor fuera muy amigo tuyo para poder llamarle por teléfono cuando quisieras», y se pasó la mayor parte de su vida evitando contestar al teléfono. No quiero parecer petulante pero las rarezas las sospecho, no necesito que me las describan.

De alguna forma sus cuentos, más que su célebre novela, poseen una poética que en los años adolescentes interpreté de manera interesada, amoldándola a mi propia insatisfacción, y que ahora entiendo como si el autor me los estuviera leyendo en esa voz nada enfática que caracteriza su estilo. Lo que sí me ha sorprendido de esta biografía escrita por uno de los muchos fanáticos salingerianos es algo en lo que no había reparado o que no me había parecido tan esencial: la importancia que la segunda

*Al otro lado del cristal, un mundo natural que parece que va a volver a la vida en cuanto se cierren las puertas del museo.*

guerra mundial tuvo en su vida, el estrés postraumático que padeció después de su participación en las batallas que causaron más bajas en el bando aliado: desde el desembarco de Normandía a la batalla del bosque Hurtgen. El hombre que volvió a Nueva York después de luchar en la guerra no era el mismo; como muchos otros ex combatientes sintió la extrañeza de un mundo que se entregaba a la prosperidad y la desmemoria. El ex combatiente echa en falta esa «melodía trémula que les habría de rendir (a los soldados) homenaje sin vergüenza ni arrepentimiento». Esa melodía trémula está en algunos de sus cuentos, en los que el trauma de la guerra sobrevuela los argumentos en continuas referencias a personajes que o bien están muertos o bien se han trastornado, como Seymour en *Un día perfecto para el pez plátano*.

Estoy en territorio salingeriano. A un paso, Columbia, donde el joven Jerome estudió literatura y descubrió la prosa de un escritor, Faulkner, que parecía hablarle a él en particular, sin el brillo distante de la retórica literaria. Delante de mis ojos, el museo que nunca cambia, el de Historia Natural, que no es el tipo de museo que agrada a algunos expertos, por considerar su concepto de exhibición de la naturaleza bastante arcaico, pero que ha resistido el azote de las críticas gracias a un encanto tan claramente expresado por Salinger: a un lado del cristal, un mundo natural mostrado en penumbra, que parece que va a volver a la vida en cuanto se cierren las puertas del museo por la noche y se va a llenar de aullidos, gruñidos, barritos, cantos de grillos y del siseo amenazante de la serpiente; al otro, unos niños que, por naturaleza, aman lo que perdura, y que verán cumplido ese sueño de eternidad infantil cuando convertidos en abuelos traigan de su mano a los nietos.

Cruzando el parque, el Metropolitan, el museo a cuyas puertas el chico deprimido, destrozado anímicamente, Holden Caufield, se cita con su hermana pequeña para anunciarle que lo deja todo y se retira a vivir a un lugar donde nadie pueda pedirle cuentas. El Metropolitan en el Upper East, el barrio del adolescente Salinger, del chico bien, del mal estudiante que buscó la vida en el ejército y el refugio vital en la literatura. Ese Nueva York del este que tengo ahora enfrente, más conservador de lo que un lector joven que devora la peripecia del pobre Holden podría imaginar como escenario de este adolescente enfermo de sí mismo. Salinger inauguró la era del descontento juvenil, le dio forma literaria a un discurso desestructurado y poco racional, sacralizó una desazón que responde más a cambios hormonales que a un verdadero inconformismo social. Salinger se convirtió en el santo laico de los adolescentes, de la misma manera que Mark Twain supo interpretar el lenguaje de los niños, aunque los niños de Twain fueran más pobres, menos atormentados y con razones de peso para una rebeldía que ejercían sin caer jamás en la desesperación.

Los dos, Twain y Salinger, son padres fundadores de la literatura americana moderna, y por tanto, padres nuestros también; presentes, al menos en mi caso, de la infancia a los años de instituto, modeladores de mi discurso, de mi incipiente sentido del humor o de un sentido trágico amateur.

No hay tantos autores que tengan el don de hablar a cada uno de los lectores en particular, como Faulkner habló e iluminó a Salinger, sin la distancia que a menudo impone el lenguaje literario.

Llevamos la mañana renegando. Renegando en el sentido que mi familia daba a ese verbo: protestando. Toda la mañana escuchándonos el uno al otro renegar. Porque a ninguno de los dos nos apetece acudir a una cita literaria. Pero la educación nos impide decir que no. En el Jacob Jarvits Center se celebra la feria del libro y el Ministerio de Cultura español ha convocado a algunos escritores traducidos al inglés. Y nosotros lo estamos. Y estamos en Nueva York. Y al ministerio le salimos a buen precio. No nos tienen que pagar ni viaje ni hotel. El único problema es que primero decimos que sí, porque siempre se dice que sí cuando aún falta mucho tiempo para la fecha en cuestión; pero el tiempo contiene esa trampa, que pasa sin que uno lo sienta, y aquí está el dichoso día.

Me miro al espejo. No sabe una qué ponerse. Y no hablo de ropa. Si sólo fuera la ropa, ¡ja! Hablo de la cara que has de ponerte para acudir a un acto literario. Tengo la impresión de que aquí en Nueva York vivimos asalvajados. Antonio vive en zapatillorras de deporte, unos pantalones chinos y, en invierno, un sombrero de ala negro o un gorro con orejeras si aprieta el frío; lleva siempre a cuestas una mochila para transportar los libros que lee en el metro, pero también porque sueña con encontrar alguna rareza por los parques. Sé que se siente ligero, poco observado, libre al fin en esa tendencia suya a cierto desaliño, a la informalidad. Así, con ese aspecto que para mí es el que más le define de todos los que le he conocido, más que cuando tiene que vestir un traje, más que cuando tiene que poner la cara de hablar en público, así, da clase. Ése es el profesor al que quieren sus alumnos, el que trata de contagiarles su vieja pasión por la literatura y de no desalentarles en su sueño por vivir algún día de este oficio raro. Y ése, ese Antonio que anda como flotando

*Los murales del club de jazz en el hotel Carlyle, caprichosas escenas protagonizadas por animales y situadas en Central Park.*

sobre unas deportivas con cámara de aire y plantillas, es el mismo que toma notas mirando al Hudson porque espera sentarse un día a escribir un libro dedicado exclusivamente a este río. El mismo que alguna vez, en contadas ocasiones, se calza los zapatos: no por una mesa redonda, no por una feria del libro, sino por mí, porque vamos a comer o a cenar a un buen restaurante y le gusta marcar la diferencia.

Yo vivo disfrutando a fondo de mi extravagancia. Siempre ha estado ahí, pero en mi país a veces la confunden con frivolidad y es muy cansado. Me gustan los gorros y los sombreros fantasiosos. Cada día, un disfraz, según el estado de ánimo. Tengo una torerilla de plumas colgando en la percha del dormitorio y cuando el tiempo lo permite me la pongo para ir a un restaurante elegante en el que la gente pide cócteles antes del vino y va y vuelve del baño completamente pedo. El señor que sólo viste zapatos para las grandes ocasiones y la señora de las plumas van de vez en cuando al Four Seasons, a cenar al salón de la piscina luminosa que hace temblar la luz tenue convirtiendo en íntimo un espacio enorme. También van, el calzado y la emplumada, a tomar un sándwich club con un martini al hotel Carlyle, no al salón donde toca, entre otros, Woody Allen, sino al bar, al bar más especial en el que he estado en mi vida. No son los cócteles lo que merece el dinero que se paga, tampoco el sándwich, a pesar de que está delicioso, son los murales con los que Ludwig Bemelmans, un dibujante de origen tirolés muy célebre en los cuarenta por sus libros infantiles, cubrió las paredes de este pequeño salón. Se trata de pequeñas y caprichosas escenas de aire infantil protagonizadas por animales y situadas en Central Park. El estilo del trazo es tan encantador como el de Sempé y aporta frescura a un espacio que de otra manera tal vez sería algo agobiante. El trío de músicos que habitualmente toca, con el pianista y cantante a la cabeza, es probablemente mejor que muchos de los que actúan en el otro salón, en el woodyallenesco, pero nada se puede hacer contra la pasión que despierta un mito, aunque éste toque de manera mediocre un jazz dixie que es el abc de cualquier criatura que se críe en Nueva Orleans.

Los clientes del bar de Bemmelmans charlan sin atender demasiado a la música, aplauden sin entusiasmo, componen, para los cazadores de ambientes como nosotros, una escena con la que habíamos soñado y de la que nunca pensábamos que formaríamos parte. Hemos llegado una década tarde, eso sí, para escuchar a quien fuera el alma del Carlyle durante muchos años: Bobby Short, un negro con voz dulce, aguda, elogiado por su perfecto fraseo, con aires de cantante antiguo, elegante, sentimental, tierno y amanerado. Su retrato adorna hoy el hall. Un lugar de honor que comparte con Kennedy y Jackie bajando de un taxi para entrar a este hotel del que se llegó a decir que tenía subterráneos por los que el fogoso presidente accedía a los apartamentos donde le esperaban sus conquistas.

Frente a frente los rostros de dos mundos: el del músico negro de cabaret que comenzó su carrera musical en la calle y se convirtió en una institución después de entretener durante años a la clientela, y los rostros de esa distinguida clientela, un John que no sobreviviría más que un año a la foto, y una Jackeline que se convertiría en breve en Jackie O., la rica mundana del Upper East, camuflada siempre, en las fotos que le hiciera el inefable paparazzi Ron Galella, tras unas gafas enormes que tal vez ella popularizó y que ahora son seña de identidad de las mujeres de este barrio, a las que a partir de los cuarenta se les pone cara de viudas. Lo sean por defunción del marido, por abandono, o porque es simplemente la cara del dinero.

Es eso, Nueva York te asalvaja, en el sentido de que aligera tus condicionantes culturales y, como alguna vez ha dicho Antonio, te hace sentir que aún tienes vida por delante como para cambiar el destino que, a cierta edad, ya parece inamovible. Te desacostumbra a las convenciones, que las hay, de los actos literarios. La única relación que mantiene él con la literatura son esos jóvenes que en torno a una mesa en NYU comparten en clase sus escritos, a menudo más valiosos que los de escritores con un nombre, o el mismo acto cotidiano y privado de leer. O el mismo acto diario y privado de escribir, en el que a veces nos encontramos por compartir dudas o entusiasmos.

La literatura vuelve aquí a moverse en un terreno casi íntimo; de tal manera que hoy, mientras nos arreglamos para asistir a la feria del libro, andamos preguntándonos qué cara es la que solíamos ponernos para asistir a una mesa redonda, en los tiempos en los que asistíamos a una de esas estériles mesas redondas, en las que nadie se prepara nada y todo el mundo desea hablar en último lugar para recoger las migajas de los que hablaron antes y hacer con ellas una bola que lanzarles a la cara. Las mesas redondas de la ocurrencia, de la gracieta, de los amiguetes, de las anecdotillas. Las mesas redondas en las que mientras unos buscan hacerse con el premio a la originalidad, otros pelean por arrancar un aplauso y los terceros por llevarse el galardón al que es capaz de soltar más citas en diez minutos. Competitividad soterrada de la que el público, a menudo, parece no enterarse.

Y nosotros, ahora, después de tanto tiempo, asistiendo a sendas mesas, cada uno a la suya, sintiéndonos con el paso cambiado, como si tras una larga temporada en el pueblo de pronto hubiéramos de vestirnos para ir al médico. Y finalmente optamos por una corrección sin fantasías. El corsé estético de la cultura española tiene sus normas hasta para salirse de madre. Si eres mujer, el refinamiento o el gusto por la ropa puede considerarse una desviación del buen camino.

Así vamos, con ese ánimo. Luego el trámite siempre es mejor de lo que se suele temer cuando uno lo predice con tanta incomodidad, porque no dura demasiado y porque, en general, todo el mundo trata de ser amable. Mesas redondas en las que se sientan primeros espadas entre los que una debería sentirse afortunada o halagada si no fuera porque la pereza es en mí un defecto más poderoso que la vanidad. Pereza por escuchar lugares comunes que son la consecuencia de títulos demasiado amplios o abstractos, yo qué sé, implantación de la literatura española en Nueva York, lugares de encuentro de la literatura latina, el futuro de la literatura en español en los Estados Unidos, la traducción del español al inglés: un reto del siglo XXI, el escritor como puente entre dos culturas, la fuerza imparable de la lengua española en el nuevo siglo, circuitos de legitimación  En fin. Lo único que pides cuando te ves como ponente en una mesa con semejantes títulos es ser el último en abrir la boca para calibrar por dónde van los tiros. Mi actitud es la misma que cuando en la escuela la maestra recorría con su mirada el aula buscando a un pobre inocente al que preguntar la lección: miro al vacío, al suelo, a un punto de la sala para que el moderador no se cruce la mirada conmigo y no me elija para abrir el fuego.

No me gusta escucharme a mí misma expresar lugares comunes. Y como detesto ese tipo de pedantería que no contiene ninguna idea interesante opto siempre por exponer mi opinión de la manera más sencilla posible. El resultado es que salgo de este tipo de encuentros pensando que el público habrá pensado injustamente que soy una simple y que el tío que estaba a mi lado diciendo una sarta de tonterías envueltas en un discurso verboso es brillante, y me digo que es la última mesa redonda a la que asisto, pero claro, vuelvo a decir que sí; vuelvo a decir que sí porque cuando se organiza un congresillo de este tipo en Nueva York parece desconsiderado negarse y siempre acechan los temores de parecer una estúpida o una esnob a la que no le gustan las mesas redondas. No, no me gustan. Tampoco asistir de público. No es grato escuchar a los escritores que admiras desde la adolescencia improvisar un discurso poco brillante ante un público entregado de antemano por la admiración que siente hacia lo que esos individuos han escrito; pero aún es menos agradable asistir al espectáculo de jóvenes escritores que cruzan fronteras asumiendo disciplinadamente su papel de jóvenes escritores, con el consabido rechazo que se les supone a la generación anterior y, al mismo tiempo, con la imitación de los tics más rancios de los escritores maduros. Si alguna vez tuviera que darle un consejo a un joven narrador (trataré de evitarlo mientras viva) sería una advertencia estética: no des la cara hasta que tengas arrugas. Un joven o una joven en una mesa redonda, un joven o una joven vigorosos, sensuales, vivos, pierden fuerza, belleza e inocencia teorizando sobre asuntos que no han de servirles más que para formar parte de una tribu poco enriquecedora. Ser escritor oficial desde el primer librito es una manera triste de malgastar la juventud. Puede que vivir por libre les haga perder un premiecillo, un contacto o la oportunidad de ser invitado a otra mesa redonda, pero la experiencia me dice que los que viven esforzándose por estar bien relacionados, formar parte de jurados y sentirse reseñados por los amigos de un lobby literario no consiguen por ello más lectores comunes y desconocidos, la finalidad última de este oficio, sino estar cobijados por el gremio. Formar parte de una especie de sindicato vertical de la literatura.

Pero esto no quiere decir que no me guste hablar de libros. Hablo de libros siempre, todos los días, en la comida, por correo, por teléfono, por skype, por chat, por facebook. Pero de libros concretos, detesto las generalidades.

Hablo de libros cuando me invita, por ejemplo, Javier Molea, el librero uruguayo que dirige primorosamente la sección de libros en español de la librería McNally Jackson. Fue hace unos siete años, paseando por la calle Prince, cuando reparé en que una parte importante del escaparate de McJ estaba ocupada por libros en castellano entre los que había varios de autores españoles. A Javier me lo fui encontrando en actos literarios y en una de esas ocasiones me acerqué para agradecerle que hubiera colocado en el escaparate *Una palabra tuya*. Me había alertado sobre la presencia de mi novela un amigo americano que lo veía a diario de camino al *New York Sun*, el periódico en el que trabajaba. Yo sentí que esa presencia en un escaparate del Soho validaba de alguna manera la frase tantas veces repetida en la ciudad en la que para bien y para mal una no es nadie: «Soy escritora.» No es igual que decir, soy médico, soy broker, soy director del Instituto Cervantes, ocupaciones que tienen un sueldo, un lugar en el que desarrollar el trabajo, que ofrecen una idea concreta de cómo se gana uno la vida. Soy escritora es como no decir nada. Basta con la vocación, un pequeño libro de poemas y una tarjeta de visita que te conceda ese dudoso título para que puedas ir por la vida afirmando que lo eres. Nueva York está, pienso que más que ninguna ciudad en el mundo, plagada de personajes que dicen ser poetas, cineastas, guionistas, artistas plásticos, videoartistas, performancistas, actores, cantantes, bailarines, escultores, joyeros, diseñadores de moda, gráficos, de webs, novelistas, dramaturgos, artistas de todo pelaje que se definen a sí mismos como tales antes de haber mostrado al mundo alguna prueba real de su trabajo. Nueva York, que se muestra tan materialista a los ojos de quienes sólo ven en ella la capital mundial del dinero, es extremadamente tolerante con los portadores de sueños: los alimenta, les engaña, les hace creer que el que la sigue la consigue, que el éxito se adquiere por ósmosis, por el mero brujuleo, por estar una noche en un lugar bullicioso, que estalla de alegría, en el que una cantante interpreta la vieja canción de alguien que habiendo fracasado una y otra vez en la vida al final gana, porque ganar es una labor de resistencia. Y no. El coraje de la resistencia no es suficiente. Nueva York es también la ciudad de los sueños rotos, como la llamó John Cheever en ese cuento que define este lugar en su aspecto más sombrío, tan sombrío como cierto, y que uno debiera leerse como si se tratara de la guía Lonely Planet antes de hacer el equipaje para emprender ese viaje de conquista en el que tantos han fracasado. Yo me siento responsable de haber alimentado en algunas mentes soñadoras la pasión insensata por esta ciudad. He escrito infinidad de crónicas describiendo esa parte alegre e insensata que despierta Nueva York en quien está dispuesto a disfrutar y participar de su extravagancia, pero incluso cuando he descrito una escena de su lado más desabrido y antipático no he sido capaz de transmitir tan crudamente como hubiera querido su particular manera de dejar a los débiles a la intemperie. La consecuencia de mi manera de narrar, siempre apasionada, ha sido similar a la de esas películas americanas en que lo sórdido adquiere belleza y atractivo para el espectador. No sé si se trata de usar un envoltorio colorista para una verdad oscura, sí sé que la ciudad siempre despierta en mí una incontenible curiosidad y que tal vez lo que contagio es ese deseo de ver hasta aquello por lo que uno suele apartar los ojos.

Un ejemplo de este malentendido se me desveló cuando escribí un artículo sobre la película *Revolutionary Road*. A mi juicio, afirmaba, el director Sam Mendes había malinterpretado las intenciones de Richard Yates. La novela trata de una pareja que vive un amor desigual: ella, insatisfecha en su vida suburbial, rumiando la frustración de una ambición como actriz jamás resuelta; él, acomodado a su papel de padre de una familia de emergente clase media. Para romper radicalmente esta rutina ella abandera un proyecto de huida familiar a París. Todo parece fácil y brillante en esas noches alcohólicas en las que la joven pareja, una vez que han acostado a los niños, beben y sueñan, beben e imaginan su futura existencia en una ciudad que les ha de inyectar la excitación que han perdido, incluso el amor que está languideciendo. Ella está más loca de lo que parece; él está más cuerdo de lo que parece, pero se deja llevar por su mujer porque la quiere. El proyecto disparatado de conquista de una ciudad lejana, que él conoce mínimamente de los días mitificados de la segunda guerra mundial, es el principio y el fin de esta tragedia.

Por alguna razón, el director no supo o no quiso ahondar en el lado naif, insensato, casi violento del sueño de ella, renunció a analizar su locura, y nos ofreció a una

Kate Winslet inconformista, romántica, casi un personaje de novela del XIX que lucha de manera legítima por un destino que la vida le niega. Mi artículo era una reivindicación del personaje de él, del hombre que muy pronto percibe que está dando aliento a un proyecto disparatado con el único objetivo de recuperar un amor, el de ella, del que nunca estuvo en realidad seguro. No se trata de que él sea un cobarde sino de que sabe mejor que ella cómo se las gasta la vida. Ella es apasionada sin fundamento, él es realista y sentimental. En mi artículo reflexionaba sobre cómo el cine, la literatura y, por qué no, yo misma alimentábamos insensatamente sueños que la realidad no permitía cumplir, que al fin y al cabo generábamos infelicidad en esos espíritus fantasiosos que deseaban vivir la experiencia que tú narrabas como si pudiera estar al alcance de cualquiera. A Nueva York, decía más o menos, no se puede venir de cualquier manera. A no ser que seas un inmigrante de un país pobre que nada arriesga porque nada tiene. Pero si no lo desmiente la crisis, éste no es aún el caso de España.

Fueron muchos los lectores que me escribieron, no se explicaban cómo una persona de apariencia vitalista como yo dedicara un artículo a desanimar a todos aquellos que abrazaban un sueño. Recuerdo en especial la carta de un periodista andaluz, al que acababan de dejar en el paro, que deseaba aterrizar en el JFK con una niña de seis años y una mujer que, suponía, podía ganarse la vida dando clases de flamenco. Le contesté: «Puede que tu concepto sobre mí cambie, puede que me consideres una estafadora por haber estado alimentando un deseo que difícilmente se puede cumplir, pero ya que te inspiro confianza como para contarme un proyecto que aún no has confesado a tus padres, déjame que yo te corresponda con la misma confianza. Es una locura. ¿Dónde vas a vivir, en un apartamento compartido?, ¿con quién dejarás a tu hija el día en que salgas a buscar trabajo?, ¿crees que te quedarán muchas horas para disfrutar de la ciudad?, ¿piensas que es fácil para un periodista español encontrar trabajo en un medio hispano cuando hay tantos latinos que dominan el inglés como el castellano y que se han criado aquí?, ¿cuántas horas imaginas que habrá de trabajar tu mujer zapateando para sacar algo en claro?, ¿sabes lo duro que es aquí el invierno?, ¿sabes lo tremendas que son las distancias?, ¿lo que se tarda en llegar de Manhattan a Queens, o de Manhattan a un lugar a desmano de Brooklyn?, ¿te imaginas lo que es encontrarte en tu vuelta a casa que el metro se ha inundado por la lluvia, o que se ha cerrado por la nieve?, ¿a qué colegio vas a llevar a tu hija?, ¿a un colegio conflictivo de un barrio pobre?» Sí, yo vivo aquí. Escribo sobre esta ciudad cada domingo durante seis meses al año, pero tengo la fortuna de llevar mi oficina conmigo, en un maletín, o en menos que eso, en mi cabeza. Podría ganarme la vida incluso sin traerme el ordenador, escribiendo mi columna en uno de esos ordenadores cromagnónicos que alquilas por minutos en la tienda de los árabes de enfrente de casa. Ya lo he hecho. Cuando la tecnología me ha fallado, me he sentado allí, desesperada, con el deadline pisándome los talones, y he alcanzado un estado de concentración que no consigo jamás en casa. Rodeada de clientes que van a hacer fotocopias, de los propios empleados que hablan entre ellos en árabe, del ruido de las máquinas, he escrito disciplinadamente mi número exacto de caracteres. Y si me viera en la obligación volvería al papel para escribir a mano este libro, aunque ya mi propia letra me extraña a mí misma de lo poco que la practico. Pero esta suerte de llevar en ti mismo tu oficio, tu pan, tu oficina, tu forma de vida, tu razón de ser es una condena y una suerte que no, no está al alcance de cualquiera.

Recuerdo la película de nuevo y me sonrío pensando que ninguna persona sensata desdeñaría un sueño abrigado por Leonardo Di Caprio y Kate Winslet, por muy insensato que fuera. El cine embellece a esa pareja alcoholizada y autodestructiva de los suburbios. Como las palabras embellecen la desolación. Por pudor nunca he abordado en mis crónicas los malos momentos. Por pudor y por no preocupar a la familia.

Pero no quisiera que esta larga digresión me apartara de lo que quiero expresar: me gusta hablar de literatura. A veces, invitada por Javier Molea, acudo a la librería McNally Jackson y charlo sobre lo que sé, mi trabajo, algo tan concreto como eso. Suelen acudir lectores atentos que conforman un público participativo y heterogéneo, la mayoría latinoamericanos, algún neoyorquino, algún español. Todos ellos con el firme deseo de diseccionar una historia que han leído con la intención de compartir impresiones. Lo harían estuviera o no estuviera el escritor. Cuando uno sale de la librería, con la mente a punto de explotar por los entusiasmos y las críticas, se siente vivificado, cruza Broadway con la intención de buscar un lugar donde tomar una copa de vino, el Café Odeón, por ejemplo, que no anda lejos, y piensa qué tendrá la literatura para alimentar tanta arrogancia y tanto misticismo en quienes la escriben cuando «todo es tan simple, querida, como un globo de luz», que diría el poeta González Tuñón, todo es tan simple como el trabajo de un fabulador solitario y el placer de un lector solitario. Dos soledades que se encuentran una tarde, en el Soho, por obra y gracia de Molea, ese librero activista que en el centro mismo de la ciudad atolondrada y ruidosa coloca a la gente en corro entre los estantes de libros y anima una conversación no infectada por la jerga académica, una conversación casi primitiva, pausada, humana y analítica a un tiempo, como si todo ocurriera en el Montevideo plácido del que un día salió, como si en ese acto de hablar estuviéramos escritor y lector y librero deteniendo el tiempo.

Cuando salimos del Jacob Jarvits Center resulta que ha llegado el verano. En tres horas, desde que llegamos esta mañana hasta esta hora española de comer, las dos y media, la estación ha cambiado, la luz, la temperatura, el aire con que la gente camina por la calle, menos tensa, más suelta, menos impaciente. Ya digo, en las mesas redondas se pierde mucho tiempo. Incluso la vida se puede perder.

Estamos agotados, como se agota una criatura en su primer día de escuela, aún desacostumbrada a asumir una disciplina colectiva. Hablar en público agota, hablar en público en inglés más, hablar en público en inglés tratando de expresar una idea sensata sobre un tema obtuso destroza. Ser simple agota.

Un acto social desequilibra un día de trabajo. Escribir es un oficio rutinario salvo para aquellos escritores o periodistas que fueron o son célebres gentes de acción y escribían y escriben hasta en las servilletas de los bares. Pero en el caso que nos ocupa, el del hombre que camina como si flotara y la mujer que camina como si zapateara, nos encontramos con dos seres algo debiluchos que acusan siempre el cansancio que provoca la vida cultural: la reserva de energía no les da para hablar en mesas redondas y escribir en un mismo día. Por tanto, ya que la jornada de hoy está definitivamente perdida hay que darse un consuelo radical. El consuelo de esta pareja siempre está en los restaurantes. O en los supermercados. El consuelo está en la comida. No todos los restaurantes consuelan. Decidimos ir caminando a uno de esos que te protegen del mundo exterior, un restaurante de los que cobijan al cliente con una cualidad espacial de cueva y en los que uno desea, mientras come, que ahí afuera esté tronando, lloviendo a mares y volviendo los paraguas del revés. O que esté calentando las cabezas uno de esos primeros calores que agotan más que los de pleno verano porque no se tiene aún el cuerpo acostumbrado.

Keen's, así se llama el refugio salvador. Está en una de las zonas más feas de Nueva York, en la calle 36 con la Quinta, escondido bajo un andamio que se debieron de dejar olvidado los obreros tras una remodelación porque lleva aquí, o a mí me lo parece, un número insensato de años. No es una zona turística, tampoco tiene carácter, pero posee cierto atractivo, o yo se lo quiero ver. Mi especialidad son los barrios feúchos, algo que debe de estar provocado por una fidelidad indestructible al barrio de mi adolescencia. Siempre encuentro algo en ellos que me los enternece. En estas calles tan ariscas al paseo se mostraban y se escondían los grandes negocios textiles, tejidos y costura, aún hoy existen esos misteriosos locales de venta al por mayor que siempre me provocan curiosidad por formar parte de un entramado de la ciudad al que sólo tiene acceso quien está en el negocio. ¡Ya, ya sé lo que me conmueve: el comercio! El comercio como expresión humana: de la tienda de Alí Babá de los pueblos españoles que olía a rancio y a papel de estraza a estas tiendas de telas en las que una desearía saber hacer algo con las manos para llevarse a casa un rollo al hombro. Cuando leí que el guionista de Billy Wilder, I. A. L. Diamond, decía que no era capaz de largarse del pueblo más remoto sin entrar en la tienda más miserable a comprarse algo, porque sin comprar no entendía el sentido de un viaje, me sentí un alma gemela de ese señor al que, por otra parte, admiraba tanto.

Bajo este andamio que algún día habrá de desaparecer es donde se esconde este tesoro, Keen's, y digo se esconde porque se han de bajar unas escalerillas nada más abrir la puerta de la calle, como si se penetrara en la cueva o en el refugio atómico de un potentado. Keen's abrió sus puertas a finales del siglo XIX y la impresión es que por allí, salvo los sistemas de electricidad y el equipaje culinario, nada ha sido modificado. El mobiliario y las paredes, de madera oscura; los manteles blancos, brillando impolutos en un espacio grande y en penumbra, y encima de las cabezas de la clientela un techo no muy alto, decorado con la mayor colección de pipas antiguas que uno pueda contemplar: un homenaje a esos viejos hoteles ingleses en los que los clientes de confianza dejaban su pipa a buen recaudo en su casilla para que no se les extraviara o se les rompiera.

Era en principio un club de hombres, y se hizo tremendamente popular por permitir que los cómicos varones tomaran un bocado y un respiro entre función y función; sólo cuando la bella Lillie Langtry, actriz inglesa y amante entre otros del rey Eduardo VII de Inglaterra, llevó a juicio al dueño y ganó el pulso legal las mujeres pudieron frecuentar este club que finalmente abrió sus puertas a todo el mundo. En estos salones se sentaron comensales ilustres y tan dispares como el millonario J. P. Morgan, Albert Einstein o Búfalo Bill y hoy es un milagro a celebrar que un lugar con tan jugosa historia permanezca abierto. Muchas veces hemos hablado de venir únicamente a tomar unas cervezas porque la barra en sí, la zona del bar, es una de las más señoriales y auténticas de Nueva York.

Es sorprendente que este restaurante cálido, sólido, elegante no sea frecuentado por los turistas ni tampoco se encuentre entre los steak houses más populares. No es tan renombrado como The Palm, Old Homestead Steak House o Peter Luger pero para mí es el más secreto, el más bonito, el que tiene más encanto. Y, por supuesto, la carne es deliciosa.

El entorno invita a no elevar el tono de voz y el halo de otros tiempos aún se respira otorgándole al lugar un aire masculino y sobrio. Los camareros son expertos, van pulcramente uniformados y entienden la amabilidad como una actitud cálida pero distante.

Las mesas redondas de la literatura en las que se divaga más que se diserta sobre conceptos abstractos, las mesas redondas tan distintas a esta mesa en la que ahora estudiamos el menú que conocemos de sobra, dan un hambre canina, así que pedimos, con la boca salivante sólo de leer el enunciado de los platos, unas costillas guisadas con caldillo y zanahoria, un cuenco de puré de patata del que se prensa a mano, otro de crema de espinacas y los obligados tomates de New Jersey que tienen una textura espesa de tomate antiguo. La carne se deshace sólo con posar el cuchillo sobre ella y a cada bocado de costilla de esta vaca para nosotros sagrada, y a cada vaso de vino de Long Island (que no está nada mal), se desvanece el descontento mañanero y comienza el camino de vuelta, consistente en reconocer que uno está algo asalvajado y que tampoco pasa nada por cumplir con un compromiso estéril pero que no cuesta tanto trabajo.

Antes de irnos, mientras Antonio se ausenta para ir al baño, me doy una vuelta por los salones de arriba. Me siento literalmente en los tiempos de Lillie Langtry. Mis pasos hacen el mismo ruido en el suelo que harían los de ella avanzando hacia el sofá Chester del fondo. La bellísima Lillie se recostaría sobre el reposabrazos, que entonces tal vez estuviera tapizado en tela, y recibiría a sus admiradores. Un poco más tímida que Lillie, menos dueña de mí misma, me siento en el borde del asiento. Una tentación feroz de acostarme me sube desde el estómago, que empieza a batirse ya con las costillas de vaca, hasta el cerebro, donde el vino ha golpeado algunas neuronas. La vuelta a casa, setenta calles al norte, se me hace imposible. Lo único que desearía es cerrar los ojos y hundirme en un sueño. La primera visión que tendrían mis ojos al despertar sería una enorme cabeza de ciervo que adorna la pared. Hasta hace bien poco las cabezas disecadas irrumpiendo impúdicas en los salones habrían sido calificadas por los expertos de interiores como una muestra de caduco pintoresquismo; hoy, las astas caprichosas de ciervos, cervatillos, venados o gamos han vuelto a reinar en los restaurantes neo-countries. Lo kitsch convertido en símbolo de autenticidad. Y aunque los cuernos no desentonan en este templo del Nueva York carnívoro, mi empecinada fidelidad a Bambi me impide tener un sueño dulce bajo su cabeza cortada de cuajo.

Estamos sentados en el sofá de casa como si estuviéramos en una sala de espera. Estamos en una sala de espera: a estas horas Miguel debe de haber aterrizado en el JFK y puede que, incluso, si no ha tenido problemas en la aduana, esté ya en un taxi hacia este nuestro Riverside Drive.

Le pregunto a Antonio cómo se imagina a los niños (¡niños!) cuando lleva tiempo sin verlos, en qué momento de su crecimiento, y me dice que en su recuerdo los niños (¡niños!) siempre aparecen entre los ocho y los catorce años. De la misma manera que la imagen más poderosa de nuestros padres es aquella que corresponde a su madurez, cuando reinaban en nuestras vidas y dependíamos de su cariño y su voluntad, los hijos son en nuestra memoria esas criaturas que eran más nuestras que ahora. Por eso me inquieta imaginar que el niño de nueve, diez o doce años que fue esté cruzando el norte de Manhattan solo en un taxi.

Con la misma inquietud que si estuviéramos en la sala de espera del dentista hojeamos las revistas que hay apiladas sobre la mesa. «¿En qué se diferencia un dentista de un torturador? En que el dentista tiene las revistas atrasadas.» Uno de los chistes de «Seinfeld» que se te vienen a la cabeza observando ese montón de papel de periódico que va acumulándose por la imposibilidad de llevar al día la lectura del prolijo *New York Times*. Seinfeld tiene un chiste adecuado para cualquier momento de la vida. Y si, como nosotros, llevas años disfrutando de las reposiciones de la serie y viendo una y otra vez los mismos capítulos, los comentarios de Seinfeld o de su colega George Costanza salpican nuestra conversación constantemente, porque Jerry y George tienen frases para todo. Es curioso que nunca me haya hecho una foto bajo el letrero de Tom's Restaurant, la cafetería en la que se reúne el cuarteto de «Seinfeld». De vez en cuando veo a algún americano haciéndose la foto de rigor en esa esquina. Los turistas no llegan hasta aquí, aunque esto sea el territorio «Seinfeld», es decir, la quintaesencia de Nueva York, de su carácter, de las manías y las neurosis compartidas, del progresismo

*En el Carlyle, con Miguel.*

empollón, de los delis con solera y los restaurantes de medio pelo. El erial gastronómico. Abundante, eso sí, en ferreterías, lo cual dice mucho de la solidez del barrio.

Por fingir que soy una madre deshumanizada y no me altera el ánimo lo más mínimo que un niño de edad indefinida esté recorriendo solito la ciudad mecánica en un coche manejado por un taxista salvaje, saco un reportaje sobre el suicidio que tengo guardado debajo de la pila de revistas por si algún día me salva de un vacío de inspiración. Le resumo el contenido a fin de entablar una conversación que me distraiga.

—En realidad, suicidas, lo que se dice suicidas-suicidas, hay pocos.

—¿Y qué es un suicida-suicida? —me pregunta, no sé discernir si con interés real.

—Pues un individuo que planea su muerte, que la maquina, la sopesa, que no quiere tener fallos de última hora, que escribe una carta a sus allegados para explicar su decisión y que se asegura de que nadie va a volver a casa a tiempo para impedirle que logre su objetivo.

—Los otros, ¿qué son entonces?, ¿suicidas sin fundamento?

—No te interesa el tema.

—Me interesa muchísimo.

Y aunque encajo mal la ironía cuando estoy nerviosa, sigo, sigo.

—El estudio viene a decir que las personas que se tiran por un puente suelen responder a un impulso, ¿vale? Pero si se da el caso de que el puente presenta algún tipo de dificultad, una valla demasiado alta o una pantalla como la que se puso en el Viaducto de Madrid en tiempos de Álvarez del Manzano, se evitan las muertes de aquellos que no tienen un plan preestablecido. Es más, un porcentaje altísimo de los suicidas encuestados en este estudio.

—Ex suicidas. O sea, no suicidas-suicidas.

—Vale, bien —digo, ignorando el cachondeo—, un porcentaje altísimo de los individuos que sobrevivieron a un impulso de quitarse la vida no volvió jamás a intentarlo, y ahora se sienten como seres renacidos, que han de vivir lo que les queda de vida con agradecimiento.

—Vaya —dice, después de quedarse pensando unos segundos—, yo escribí un artículo contra la mampara de Álvarez del Manzano. Me acuerdo que después de hablar del disparate estético decía algo así como que el que se quiere suicidar salta lo que sea, una mampara, o se vale de una pértiga, si es preciso.

—Para que veas —le digo—, así de veleidosa es la opinión de los que escribimos en el periódico. Escribe uno un artículo furioso en contra de las mamparas, condicionado en gran parte por un alcalde que decoró Madrid como un escenario de zarzuela, con chirimbolos y estatuas ridículas, y de pronto, años más tarde, en el sagrado *New York Times*, te encuentras un estudio científico en el que se afirma que la mayoría de los suicidas se guían más por un impulso atolondrado que por un deseo verdadero de morir, y que se tiran por un puente sólo si el puente no presenta dificultades de acceso al vacío.

—Pues sí, pero qué puedo hacer ahora, ¿escribir una carta al director?

—Ah, no, no, ya el mal está hecho.

—Pero las mamparas son feas.

—Eso sí.

—Pues entonces.

Se hace un silencio. Un silencio largo para una mujer que no quita los ojos de la puerta esperando que el niño desvalido la abra de una vez.

—Acuérdate de cuando los porteros de la Tercera Avenida nos pusieron rejas en el piso 27. Nosotros queríamos rejas, por algo sería.

—Ah, yo no. Yo nunca me suicidaría tirándome desde un piso 27. No respondo al suicida impulsivo. Yo, en el caso hipotético de que me suicidara, lo haría menos violentamente y con una planificación.

—Yo soy de impulsos... Y las ventanas se abrían a la altura de las rodillas: más fácil imposible.

—Me parece que no voy a leer el artículo. Ya con tu resumen, tengo bastante.

—Un día tiré un libro por la ventana.

—¿Un libro?

—Sí, el de George Plimpton sobre Truman Capote. La biografía oral. Fue al principio, cuando llegamos, en mi época de obsesión capotiana. Te acuerdas cuando fuimos al restaurante de la Côte Basque para ver el escenario verdadero del chisme que se cuenta en el relato, y al hotel Pierre donde el protagonista le es infiel a su mujer, y cuando quise ir a Alabama, a ver si aún podíamos encontrar algo del escenario de *Matar un ruiseñor*, y seguir los pasos de la infancia de Harper Lee y el niño Truman. Tenía todo ese libro que iba a escribir en la cabeza

—¿Y qué pasó?

—Que creo que leí demasiado sobre el asunto y lo acabé rechazando por intoxicación. Me engolfé con la historia: tenía la vertiente sureña y la vertiente neoyorquina. Ese Nueva York de la madre que estaba tan desesperada por escalar en el mundo social como él. En realidad, fue el verdadero modelo de Capote: una chica bonita y paleta de Alabama que medio abandona al hijo con unas tías, se viene a la gran ciudad y vive como una burguesa del Upper East. Hasta en el final de sus biografías se parecen: la madre se suicidó y el hijo, casi. Hizo todo lo que uno puede hacer por arruinarse la vida. Consiguió el éxito y en vez de disfrutar del momento dulce que estaba viviendo después de la publicación de *A sangre fría*, no se le ocurre otra cosa que escribir un cuento con un chisme de cuernos sobre su mejor amiga, Babe Paley, una de las mujeres más distinguidas de la alta sociedad neoyorquina. La amiga no se lo perdonó jamás. Ni ella ni el círculo de pijos que le habían abierto los brazos. No como uno más, claro, porque esa gente no te admite como uno más, sino como una especie de bufón intelectual, con una lengua tan dañina como para animar cualquier reunión. Él decía luego, cuando ya estaba acabado por el vacío que le habían hecho y por el alcohol, claro, decía: «Qué se creían, que estaba con ellos para divertirles. Soy un escritor.»

—Un hijoputilla.

—Un gran hijoputilla, sí. Tengo la teoría de que el hijoputilla había asfixiado prácticamente al niño tierno, abandonado, miedoso y especial que hubo en él. Capote era capaz de apreciar dos cosas cuando entraba a una fiesta: cuál de las personas que se encontraban en la sala había sido desgraciada en la infancia y de qué manera su aspecto físico, la estatura, la voz insoportable y aflautada, la pluma incontenible, provocaba extrañeza en la gente en un primer encuentro. Ser consciente de eso es terrible. No lo justifico pero creo que no podía evitar la venganza por tener una apariencia algo ridícula y haber sido objeto de burla desde niño. Pero cuando escribía cuentos, cuando miraba atrás y se recordaba a sí mismo, a la tía algo retrasada que le cuidó, a cualquier personaje débil sobre el que ponía su mirada, vuelve a surgir el proyecto de buena persona que había en él. El niño sabiondo y mentiroso que Harper Lee retrató con tanta gracia en *Matar un ruiseñor*.

—Pues escribe todo eso…

—Ya no… Hubo un empacho Capote. Al año siguiente de tirar yo el libro de Plimpton por la ventana se estrenaron las dos películas.

—Hay libros que parece que ya están escritos y, de pronto, se esfuman. Pero, vaya, pobre Plimpton.

—Fue un impulso. Quería ver cómo era la caída de un libro del piso 27 al suelo. Se quedó en la cornisa. Y allí siguió durante todo el año que vivimos. Allí estará. Lo cubrió la nieve, se derritió la nieve y apareció de nuevo.

De pronto, suena el timbre, Lolita ladra, nos levantamos de un salto. Ya no somos escritor y escritora, ni pareja, ni hombre ni mujer, sólo padrastro y madre que van a ver al hijo. En nuestra mente, detrás de la puerta, está el niño que Antonio conoció el mismo día que cumplía seis años. El niño que iba de una caseta a otra sobre patines en la Feria del Libro de Madrid. Pero al abrir aparece ante nosotros un muchacho, un hombre casi, con el pelo rizado y revuelto y las patillas largas de capitán de barco que se llevan ahora. De mirar para abajo, como esperábamos, hemos pasado a mirar para arriba. Es enorme, de espaldas anchas, un ser que parece imposible que un día en un pasado no tan remoto saliera de mí. El joven se me abraza a mí primero y, luego, me hace a un lado, le toma a Antonio la cabeza con una mano y le besa en la frente. Como si los papeles se hubieran invertido y más que un hijo fuera alguien que hubiera venido a casa para protegernos.

Esta tarde Miguel yo hemos bajado paseando por Broadway. Nuestro destino es el All State, una taberna de la calle 72 que frecuentamos desde que nos vinimos a vivir al Upper West. Allí tenemos nuestra cita con Antonio para cenar.

El cielo, al fin, se ha abierto, la temperatura es suave y la tarde luminosa y definitivamente primaveral. Sólo la lluvia podría acabar con la embriaguez que provoca esta brisa curativa y marítima. La lluvia repentina de la primavera de Nueva York, que surge de dos o tres nubes gordas que descargan una cantidad inaudita de agua. Esa lluvia-ducha que yo pensaba que sólo existía en las películas. Viviendo aquí he ido descubriendo que la mayor parte de los detalles cotidianos que aparecen en las películas americanas, por muy inverosímiles que éstas sean, son un reflejo fiel de lo que la realidad ofrece.

Es la lluvia que inunda el metro cada dos por tres, la que obliga a que se abran compuertas para que la ciudad supure y no convierta a los pasajeros del metro en reptiles. Mi amiga Anne Caggiano, natural de Orlando, me contaba el terror que experimentó el día en que, viajando en metro de Manhattan a Brooklyn (obviamente debajo del agua), el tren se quedó parado porque, según el conductor informó por los altavoces, una parte del túnel se estaba inundando. Los neoyorquinos están hechos de otra pasta, me decía, porque la única que parecía aterrorizada ante la espeluznante posibilidad de que un túnel que va por debajo del agua se inundara era yo.

Anne ya no vive aquí. Se fue a vivir a Charleston, y me dio pena no haber tenido tiempo para profundizar en una amistad que se quedó en mantillas. Es una mujer muy inteligente e irónica. Me contó algo divertidísimo que he puesto en boca de un personaje que he escrito para el cine. Anne nació en Orlando, the Mickey Mouse territory, como ella llama a su patria chica. Prácticamente no había salido de allí cuando a los dieciséis años viajó a España por vez primera. A Sevilla, como tantos estudiantes americanos de español. Habiendo crecido entre ciudades históricas de cartón piedra, pastiches del gótico, el renacimiento o la Edad Media, cuando la chica de Disneyworld se encontró ante la Giralda, en esa plaza en la que la belleza le corta a uno la respiración, pensó: «Wow, aquí sí que saben hacer bien las imitaciones.» Ni se le pasó por la cabeza que aquello pudiera ser el original, tan acostumbrada como estaba a vivir entre copias.

Anne se fue. Se fue no porque la ciudad no le gustara, sino porque Nueva York, si ya no estás en esa edad estudiantil en la que te importa poco compartir casa o vivir de cualquier manera, es dura. Más dura de lo que muchos turistas creen cuando llegan aquí y se dejan encandilar por este lugar tramposo y alucinatorio. La impaciencia de los neoyorquinos hacia la lentitud o la torpeza humanas se transforma de manera misteriosa en santa paciencia cuando han de vérselas con los fallos de los servicios públicos. Tan hábiles en los movimientos rápidos que en cuanto te descuidas se te han colado en el taxi que tú habías parado, o refunfuñan de manera evidente si alguien va demasiado lento por el pasillo de un supermercado o gruñen de manera inconsciente si en un frenazo te rozas contra ellos en el metro. Boberías. En cambio, cuando se produce una avería en el metro, que es día sí día no, cuando hay un cambio radical en el recorrido, cuando de pronto se elimina durante unas horas una línea, se quedan hipnotizados, con la vista perdida en el andén de enfrente. Al cabo de un buen rato, ves que alguno decide desertar y echa a correr por las escaleras dejando una palabra susurrada en el aire, «mierda». Tal vez tienen asumido que en su país lo público no es de fiar y esa paciencia puesta a prueba de la que hacen gala exteriormente es la que desencadena una tensión que les tuerce el gesto y les hace saltar por tonterías.

Anne se fue adorando la ciudad, como tanta gente. No le llegaba el sueldo. Ahora nos carteamos de vez en cuando. Y aunque yo necesito de la presencia de una amiga para sentir que la amistad se fortalece, he ido aceptando que los americanos, acostumbrados como están desde edad muy tierna a vivir lejos de sus seres queridos, saben mantener el afecto a pesar de la distancia y no dan las amistades por perdidas aunque la espesura del tiempo sin encuentros reales las resquebraje.

Viviendo aquí sabes que las amistades casi nunca son estables. Es una ciudad poblada de nómadas. Crees que tienes un grupo de amigos y de pronto estás más solo que un perro.

Eso le cuento a Miguel cuando me pregunta si al fin me decidiré a escribir un libro sobre la ciudad. Fantasiosos como somos los dos ya lo estamos viendo, si no con luces de neón sí con una tipografía determinada, con dibujos algo retro que irrumpan de pronto en la narración y con un título paradójico: *Lugares que no quiero compartir con nadie.*

El All State. Me lo recomendó Barbara, una señora de sesenta y muchos, muy atractiva, dotada de una gran envergadura ósea. Grande su esqueleto, grande su cráneo, grandes sus ojos y su sonrisa, grande, cuando se ríe, que se ríe mucho, sobre todo de mí. No cabe duda de que en su juventud fue espectacular. Hoy es una señora atractiva e intimidante, con un gran parecido a Lauren Bacall. Más guapa que la Bacall. Tienen las dos la voz de quien ha fumado y ha bebido, de quien se ha acostado con frecuencia más allá de las cuatro de la madrugada. El tono grave, masculino, irónico, que se rompe de pronto en una carcajada estruendosa que se desparrama y se quiebra en miles de pequeños sonidos, como un jarrón lleno de agua y roto contra el suelo.

Un tipo de mujer que me atrae y me intimida. Cabría la posibilidad de que no fueran tan mundanas como parecen, ni tan inteligentes como su apabullante seguridad da a entender, ni su discurso tan brillante, pero tienen la suerte de andar por la vida con un envoltorio de lujo: la voz, la risa, el empaque. Te miran bajando un poco la barbilla, de tal modo que abren mucho los ojos para observarte, como han hecho siempre las mujeres fatales; justo lo contrario a quien eleva la mandíbula para mostrar suficiencia. Sus ojos, abiertos como si estuvieran mirando siempre por encima de unas pequeñas gafas, parece que te están cronometrando el tiempo que te conceden en la conversación y te hacen saber, cuando dejan de mirarte de forma tan penetrante, que malgastaste tus minutos sin expresar nada verdaderamente interesante.

Las dos son del Upper West. Eso es, en sí mismo, un adjetivo: progresistas, cultivadas, en muchos casos, judías. No es necesario que se cumplan todos los requisitos que contendría el indefinible adjetivo «upperwest». Diríamos que es un aire, una manera de estar en el mundo, que ellas definen con su sola presencia. Parecen cosmopolitas aunque luego no lo sean tanto: Barbara es tan de Upper West que apenas ha cruzado el puente de Brooklyn dos veces desde que llegó a Nueva York en el año 1973.

En los setenta ésta era una zona pendenciera y peligrosa. Barbara era una buena chica de un pueblo al norte de Nueva York que llegó a la ciudad y se colocó en la ABC, la cadena de televisión, que estaba y aún está enfrente del Lincoln Center. La chica de pueblo se alquiló un apartamento en la calle 72, justo enfrente del All State, un pequeño oasis en ese ambiente callejero de putas, camellos y atracadores. El bar se ha mantenido todos estos años fiel a su carácter de taberna irlandesa. Lámparas de cristal verde que le conceden al local una calidez nocturna permanente, porque el All State es un semisótano jamás iluminado por luz natural. La mezcla de madera vieja, cervezas de barril, licores y hamburguesas produce un aroma especial, un olor antiguo, que en invierno se funde con el de la humedad que supuran los abrigos de la clientela. Hay muchos vecinos que jamás llegan hasta la zona de las mesas porque vienen solos. Se detienen en la barra, se sientan sin quitarse el abrigo en uno de los taburetes y esperan a que a su lado se siente otro espíritu solitario para pegar la hebra. Es una manera natural de aplacar la soledad. El amante de la barra en Nueva York no ha de ser necesariamente un perdedor, un borracho o un desesperado, basta con que tenga ganas de tomarse una copa acompañado, y la barra, en esta ciudad, es un lugar para sentir la cercanía de otros seres humanos que también están solos.

Barbara me contó que en su primer año neoyorquino éste fue su refugio. Coincidía en ocasiones con una muchacha joven como ella. Guapa, aunque con otro tipo de belleza mucho menos rotunda que la suya. Era una chica cuyo aspecto desamparado se agudizaba por una ligera cojera. La joven siempre se sentaba en uno de los taburetes y hablaba con quien le tocara en suerte. Nada extraordinario. En una de estas banales conversaciones Barbara se enteró de que la chica era del norte, como ella, y que había venido a vivir su aventura urbana, como ella. También supo que eran vecinas, vivía en el mismo edificio, unos pisos más arriba.

Un día Barbara volvió a casa del trabajo y se encontró a varios agentes de policía en el portal. El portero había encontrado a la muchacha asesinada a cuchilladas en su apartamento. Si había decidido entrar era porque el director de la guardería en la que trabajaba la joven llamó para saber el motivo por el que había faltado al trabajo durante tres días. Era una maestra responsable y muy dulce con los niños. Que no hubiera llamado para justificar su falta no cuadraba con su carácter serio y cumplidor.

Pero había un aspecto de su vida que sus compañeros de trabajo desconocían, no así los camareros del All State, que habían advertido hacía tiempo que la chica iba por allí a tomar una copa pero también a echar el lazo a algún cliente con el que era habitual que se marchara. Cada noche con uno distinto. Ésta fue la razón por la que la descripción que hicieron los camareros del tipo que se había marchado con ella la noche anterior fuera crucial para atrapar al asesino.

Pero, le dije a Barbara, yo he visto una película que cuenta literalmente la misma historia. Y entonces recordé el título, *Looking for Mr. Goodbar —Buscando al Sr. Goodbar—*, claro, una película de Richard Brooks, en la que Diane Keaton interpretaba a Rosseann Quinn, la dulce maestra adicta al sexo peligroso, y Richard Gere, al asesino. La vi en el año setenta y ocho o así y me impresionó mucho. Por lo bien que estaba contada esa historia sórdida de muchacha atormentada que trata de aliviar un sufrimiento que acarrea desde la infancia con encuentros sexuales exentos de cualquier aspecto sentimental. También me asombró la presencia de una Diane Keaton que nada tenía que ver con la chica cool y extravagante que aparecía en las películas de Woody Allen. De las películas de Allen envidié el estilo chaplinesco de la musa neoyorquina, la corbata, el chaleco, los pantalones anchos, los andares; en *Looking for Mr. Goodbar* aprecié el trabajo de una gran actriz dramática. Ahora, por alguna razón misteriosa, es imposible conseguir el DVD. Ni tan siquiera en Netflix, el sistema de préstamo a domicilio que ha acabado con los videoclubs neoyorquinos y que tiene un catálogo de fondo como para hacer un cinefórum casero cada noche. No sé qué factores intervienen en su descatalogación: ¿la violencia contra una mujer que parece que la está buscando?

La película se basó en una novela de Judith Rossner que se publicó dos años después del suceso y conmocionó a los lectores casi tanto como el crimen en sí, porque era el producto de una gran investigación y porque ponía en cuestión cómo la ligereza en los intercambios sexuales puede derivar en temeridad. Rosseann se convirtió en todo un símbolo. La chica de Massachussetts que padece complejos y ansiedades generados por una educación ultracatólica. Afectada desde niña por una parálisis, criada de una manera tan rígida como sobreprotectora, calmaba de adulta sus pulsiones entregándose a hombres que sabía podían hacerle daño.

Pero aunque en este país los crímenes reales se convierten en ficción y leyenda a una velocidad que sorprende al extranjero (ahí está, por ejemplo, la serie «Ley y Orden» que se nutre de las páginas de sucesos), el All State tiene en su haber algo más que historias sórdidas. Sus dueños se jactan de haber sido el verdadero modelo del bar de «Cheers», aunque la serie transcurriera en Boston, y afirman que el personaje de Carla está inspirado en una camarera lenguaraz y algo macarra que durante algunos años se convirtió en uno de los atractivos del pub.

Este hombre que llevo al lado, este Miguel de ahora, estuvo con nosotros una vez en el All State, él y Arturo, un verano en el que vivieron en Brooklyn con sendas familias. Nosotros les preguntábamos con gran curiosidad sobre esta vida nueva, pero profesaban entonces la religión de la adolescencia y nos contestaban con monosílabos, o se quedaban callados largo rato, mientras Antonio y yo, sintiéndonos algo imbéciles por dentro, procurábamos sacar adelante la comida y la conversación. De pronto, dejaban caer algo que nos provocaba aún más interés. Arturo vivía en casa de una familia que brillaba por su ausencia; de vez en cuando, el padre, un dentista haitiano, le comentaba cosas bizarras, como que la otra estudiante hospedada en la casa, una chica italiana, estaba muy buena. Arturo no sabía cómo reaccionar a las pretensiones de coleguismo guarro de un padre de familia. El ambiente de la casa de Miguel era completamente opuesto: la dueña de la casa era bombera y vivía con un niño chico, que había tenido a destiempo, y con su padre y su hermano, los dos jubilados. El salón estaba presidido por una foto enorme del crío vestido con el enorme traje de bombera de su madre. Eran buena gente, desastrosa, le pedían para comer lo que él quisiera a los restaurantes de abajo y se dejaban la tele encendida por la noche.

Toda esta información nos llegaba con cuentagotas, como si nos hicieran una concesión o como si la hubieran dejado escapar en un momento de descuido. Comían las enormes patatas del All State, las notables patatas fritas que no se parecen a las de ningún otro restaurante de Nueva York (¡las mejores patatas de la ciudad!), como el koala come las hojas del eucalipto, con los ojos semicerrados y absortos en la masticación. Nuestra pretensión de vivir de manera delegada la experiencia adolescente neoyorquina se dio de bruces contra su opacidad.

Pero ahora son grandes, aunque nosotros los recordemos como niños cuando llevamos tiempo sin verlos, y podemos ir hablando así, por la calle, cogido él de mi brazo, contándole yo la historia de la chica asesinada que me contó Barbara, una vecina del Upper West a la que conocí en un centro cultural. Él ya no se refugia en un silencio espeso, como si estuviera siempre a punto de bostezar, sino que escucha e interviene y comparte conmigo, con nosotros, esa pasión por los lugares de barrio que resumen el ir y venir de los días, que albergan encuentros vecinales, detienen un poco el tiempo y nos protegen de la vida a la intemperie.

De esto vamos hablando, los dos alegres, disfrutando del aire tan benévolo de la tarde, parando un rato en el Urban Outfitters de la calle 72, ese zoco genial de ropa y objetos que apasiona a todos los jóvenes de los que soy madre o tía o madrina o hada madrina. Nueva York ha sido para mí un baño de juventud. La gente de mi edad está en la cima de su actividad y no tiene tiempo que perder, la gente mayor no tiene ganas de perder el tiempo en la calle; sólo la gente más joven que yo saca de donde no hay un rato para tomar una copa o para brujulear sin destino. Me doy cuenta de que no cuadro con aquellos que han alcanzado una posición en la vida, pero también me pregunto si zascandilear tan a menudo con amigos más jóvenes no me hace sentir inútilmente mayor de lo que en realidad soy. Por fortuna, tengo a mi lado a un hombre cuya curiosidad es como la del niño que desea echarse a andar o soltarse a hablar.

Hablo con mi hijo, apoyada en él, mucho más baja que él, disfrutamos ambos de la compañía del otro. Yo más, claro. Su mente está agitada por cosas que están más allá de este encuentro con su madre. Mis conexiones neuronales andan fabricando felicidad en estado sólido, como hubiera dicho Salinger.

Aún colean restos de la conversación sobre la maestra asesinada, «Cheers», Carla o las tremendas patatas fritas que el All State anuncia en el pizarrín donde cada día un camarero escribe el menú, cuando vemos que nuestro pub está cerrado a cal y canto. Cerrado y para siempre. En venta. Otro lugar al vertedero de la memoria. La comida insulsa con los niños que vivieron un verano en Brooklyn queda detenida tras el precinto hasta que otro comerciante pueda hacer frente a un alquiler abusivo. El All State ha muerto de éxito. Como el Florent, como murió el Second Avenue Deli o como aquel Le Café des Artistes decorado con unos frescos de los años treinta que mostraban a nínfulas medio desnudas jugueteando entre ellas en un bosque. Los frescos han sobrevivido a la reforma de los nuevos dueños pero se ha perdido el encanto de aquel bistro alfombrado, de paredes forradas de madera, del que los exquisitos de la cocina decían que la comida no ofrecía nada nuevo. Nada nuevo. Esta importancia desmedida a la novedad en la cocina se está cargando lugares que además del confit de pato, foie o sopa de cebolla, ofrecían sillones mullidos y rincones tranquilos para charlar. Me irritan esos fanáticos de la gastronomía que acuden a un restaurante como si fueran microbiólogos, que diseccionan más que cortan la comida, que parecen estar usurpando el papel de los enólogos o los críticos culinarios. Le Café des Artistes sería convencional pero más lo es el restaurante impersonal que aun respetando a las nínfulas las ha rodeado de una frialdad que desprotege con paredes blancas su antaño misteriosa desnudez entre maderas nobles. Una vulgaridad que nada tiene que ver con aquel lugar de carácter en el que una mañana de domingo me cedió el paso ese caballero llamado Harry Belafonte.

*Nueva York es una ciudad abierta, que tanto el turista como el habitante se construye a su manera.*

¿Cómo escribir un libro sobre una ciudad que se pierde cada día? Las figuras icónicas están ahí, la del Empire State recortada en el azul del cielo, el puente de Brooklyn, el de Queensborough, el de Williamsbourg, el edificio de la Chrysler, el Metropolitan, el Rockefeller Center, lugares que están al alcance de cualquiera que venga armado con una guía turística o que, simplemente, eche a andar. Nueva York es una ciudad abierta, que tanto el turista como el habitante se construye a su manera. Pero, qué ocurre cuando esos pequeños centros de referencia, que no son tan emblemáticos como para ser preservados o defendidos, mueren víctimas de la codicia y de la especulación. No sé si el libro debería llamarse, le digo a Miguel, «Lugares que ya no puedo compartir con nadie».

Ya pasaron. Sus días en Nueva York ya pasaron. Le he ayudado a cerrar la maleta, repleta de recuerdos que ha ido atesorando, como cuando era niño. Ahora no son palos o piedras, como entonces, pero casi: servilletas con logotipos curiosos, papeles arrancados de las farolas, programas de música, posavasos. Sus cosas y su mundo. Le he insistido para que se llevara un bocadillo. Aquel 11 de septiembre en que volvieron los tres chicos solos a España les llené la mochila de comida: sándwiches, fruta y una tarta de queso. Como si eso consiguiera aliviar mi preocupación al dejarlos solos en un momento en que todo el mundo tenía miedo a volar.

Antes de entrar en el ascensor se ha abrazado a Antonio. Le ha besado de nuevo en la frente, como anticipando un futuro en el que el padrastro será más vulnerable que él. Y yo le he acompañado hasta la calle. Nos hemos besado, dos, tres, cuatro veces antes de que entrara en el taxi.

«En dos meses te veo, madre», me ha dicho para consolarme. Me ha dicho «madre», como han rebautizado los jóvenes a las que fueron mamis de los ochenta. Espero a que el taxi emprenda su marcha Broadway arriba, camino del puente de Triboro. Ahí va mi corazón. Le he mandado un beso cuando ya no podía verme. Y luego me he sentado un rato en unos escalones para aliviarme el desconsuelo antes de subir. Escucho un mensaje que ilumina la pantalla del móvil: los del seguro del edificio, que si tengo algo que declarar. Parece imposible que logre que me dejen olvidarme un solo día de que me duelen las rodillas. Al entrar en casa, Antonio respira la melancolía que traigo de la calle, y me dice, venga, vámonos, vámonos a cenar donde te apetezca.

De un tiempo a esta parte bebemos sake. Sake seco y frío, en una de esas garrafillas tan delicadas que los camareros japoneses hunden en hielo. Nos lo bebemos en vasitos diminutos, que apenas caben los labios, y a sorbitos pequeños. Como el sake es transparente y está fresco y no quema la garganta de la misma forma que lo haría un licor blanco occidental lo bebemos como si no importara. Y sí que importa. Cuando salimos del Gari, el japonés de la avenida Columbus, en el que estamos ahora, siempre vuelvo a casa sorprendida por una ebriedad que sólo se descubre una vez que te pones en pie.

El Gari y el Aki, en el West Village, son los japoneses más delicados que conozco. El Aki es diminuto, como una salilla de espera, y está dirigido por una japonesa madura de modales exquisitos, que logra contagiar a la clientela. Ni una palabra más alta que otra. Todos estamos sentados demasiado cerca y se impone el respeto. El Aki es un restaurante, pero a veces parece un pequeño salón de recogimiento. Cuando el jueves o el viernes por la noche las calles del Village vibran con esos grupos de chicas que se suben a los tacones llueva o nieve y beben hasta animarse a levantarse el jersey y enseñar las tetas, la vida parece detenerse en este local de sushi que, de tan encajonado como está por otros negocios, pasa desapercibido.

Nada que ver con la otra cara del Japón, el Riki, una tabernaza nocturna que se encuentra en Midtown y que alberga a ejecutivos japoneses que beben sin límite y gritan y ríen tan estruendosamente que interrumpen la conversación de occidentales amantes de la discreción nipona como nosotros. Pero tiene su gracia, como un mesón de Madrid en el que los camareros, en vez de calamares fritos o patatas bravas, te dejaran caer en la mesa una tempura o un spicy tuna roll. Hay una camarerita feúcha que me conoce. Una vez y otra le pregunto su nombre porque siempre se me olvida, como ahora, que también lo he olvidado, y ella me lo recuerda siempre con una sonrisa, y de nuevo me dice lo que significa, algo así como «rica en belleza», y luego hace una ligera inclinación de cabeza como si se disculpara por estar en la vida con un nombre que no le corresponde. Ella es la pieza más delicada que tiene este local abigarrado y ruidoso al que me gusta acudir con amigos y meterme sin zapatos en uno de sus reservados para refugiarme un poco de las escandalosas melopeas japonesas.

Los restaurantes japoneses en Nueva York defienden con éxito sorprendente su dieta liviana en el país de los platos rebosantes. De cualquier manera, ya no se puede decir que sus platos no formen parte de esta cultura: los restaurantes orientales llevan asentados en las ciudades americanas tanto tiempo como para que los viejos de hoy recuerden haber comido desde la infancia comida india, china o japonesa. Pero algo que hace de los platos exóticos algo realmente casero es que cada noche, de cada uno de esos restaurantes orientales de barrio, sale un repartidor para llevar la cena a muchas casas. Las escaleras de los edificios de Nueva York, a partir de las cinco de la tarde, si no antes, huelen a glutamato y a soja, a curry, a bovril, a salsas agridulces.

Lo oriental no es en absoluto una opción cara, aunque este Gari del que salimos siempre pensando que estamos sobrios cuando no lo estamos, se distingue por exquisitez y precio de casi cualquier restaurante de nuestro Upper West. Es caro. Aunque no tanto como el Nobu que apadrina Robert De Niro en el que no vale el dinero de cualquiera, porque sólo los elegidos logran conseguir mesa. Hace tiempo que tomé la decisión de no ir a un restaurante en el que tuviera que pedir mesa con dos meses de antelación. Qué disparate. ¡Por cenar! Si cené una noche en Babbo, uno de los restaurantes del pope de la cocina italiana en Nueva York, Mario Batalli, fue porque un funcionario de la Comunidad de Madrid me sorprendió haciéndome la reserva desde España. Andaba entonces la Comunidad en no sé qué negocios con este empresario de los fogones y, enterado el madrileño de que no reservo con tanta antelación porque no soy capaz de saber si de aquí a dos meses seré capaz de mantener mi entusiasmo, me consiguió una mesa para la misma semana. Lo dicho, hay que ser alguien. Y los restaurantes en los que hay que ser alguien me aburren. Resulta cómico que además de tener que pagar un buen dinero te exijan que seas una celebridad o que estés al cargo de alguna institución.

Alcanzado un nivel de sofisticación la comida en los restaurantes se parece más de lo que sus dueños desearían.

Nuestra ambición gastronómica se ve colmada en este

*Estaban muy cerca unos de otros, como si les hubiéramos interrumpido una reunión clandestina.*

Gari al que, como acudimos con cierta frecuencia, nos reservan siempre una mesa de dos al lado de la ventana. A veces nos quedamos mirando en silencio a la gente que pasa. O disfrutando de la quietud que la avenida Columbus respira una noche de diario. De pronto, Antonio me señala con el dedo hacia el semáforo: «¡Mira, mira eso!» La calle está vacía y mis ojos sólo reparan en el luminoso «Walk» que da paso a los peatones. «¡No, no, ahí, en el suelo!»

Como si fuera un peatón responsable un bicho cruza la calle. Mucho más grande que una rata, algo más pequeño que un perro mediano. Su lomo curvado desemboca en una cola fina por detrás y en un morro puntiagudo por delante. ¿Qué es eso? Va hacia Central Park, está claro. El animalillo ha debido de salir del parque sin querer y ahora está tratando de encontrar el camino de vuelta. O tal vez viene del Riverside. He visto la forma de ese bicho dibujada, en documentales, en dibujos animados, pero no recuerdo el nombre, maldita sea. Seguimos sus pasos con nuestras caras pegadas al cristal. La presencia de un animal salvaje en el paisaje urbano es una experiencia que deja sin aliento. Y no es la primera vez. Este otoño pasado, al volver de una de nuestras visitas a las galerías de arte de Madison, se nos echó la noche encima en Central Park. No había un alma. Por primera vez desde que vivo en Nueva York y cruzo el parque sentí que estábamos paseando a deshoras. Pero al mismo tiempo la noche se presentaba luminosa, no había viento que recrudeciera el primer frío de la estación y tanto si retrocedíamos hacia el este como si avanzábamos hacia el oeste había que recorrer la misma distancia. Estábamos en el centro del parque, bordeando el lago. De vez en cuando nos adelantaba un corredor valiente. Al pasar por uno de los árboles que bordean el agua nos quedamos paralizados ante una de las escenas más extraordinarias que nos ha brindado esta ciudad: unos cinco mapaches, los célebres racoons, nos miraban atentos desde las ramas. Estaban muy cerca unos de otros, como si les hubiéramos interrumpido una reunión clandestina. Los antifaces de pelo negro que bordeaban sus ojos resaltaban la fiereza de su mirada y su aspecto de malhechores de tebeo. Pasamos a su lado casi de puntillas y no nos atrevimos a mirar atrás para ver si los cinco habían vuelto la cabeza a fin de asegurarse de que nos íbamos y continuar con su noche de secretos, apuestas y vicios ilegales. Los racoons. Agresivos, he leído, y sin embargo, aparentemente tiernos con su disfraz de criminales de dibujos animados. Creo que, dejando a un lado el zoo de Madrid, jamás he visto tantos animales salvajes en un entorno urbano: mapaches, algún águila sobre nuestras cabezas, marmotas, un pájaro carpintero, patos, todo tipo de aves a las que muchos americanos sí saben ponerles nombre, y este animalillo de esqueleto extravagante que anda perdido buscando en la noche el abrigo de la naturaleza.

Unos meses más tarde, en Montevideo, descubrí, grabada en una moneda, la silueta del bicho del Gari, el bicho de lomo combado que cruzó la avenida Columbus por el paso de peatones. Le pregunté a un camarero y me dijo que era una «mulita». Muchas mulitas deben de correr por el suelo uruguayo para aparecer en una moneda como símbolo de la naturaleza nacional.

Al cabo del rato, caímos en la cuenta: ¡era un armadillo! Armadillo en español y también en inglés. Habrá quien piense que fue una visión provocada por los extraños efectos de un alcohol que golpea el cerebro más de lo que uno está dispuesto a reconocer. Pero yo juro que lo que vimos era un armadillo.

# Donde estés tú, está mi casa

De Queens a Manhattan. En metro. Trato de concentrarme en la lectura pero son muchas las ideas que se agitan en mi mente. Me he despedido del doctor hasta el próximo invierno, cuando vengamos para la próxima temporada invernal, de enero a mayo, ese semestre que en la universidad se empeñan en llamar «de primavera».

Pienso en el espíritu delicado de Gasca. Hay una mezcla en él de la dulzura y la precisión del castellano de Colombia y el respeto hacia la peculiaridad humana tan propio de esta ciudad que los años y el trabajo han hecho suya. Gasca no se presenta ante sus pacientes con la informalidad propia de un terapeuta que recibe en casa; él es un doctor que dirige la planta de psiquiatría de un gran hospital y su aspecto es siempre elegante y pulido. Recibe de traje y corbata. Al mismo tiempo que yo he ido ganando en confianza y las plantas de mis zapatos han logrado tocar, por fin, el suelo, este doctor de origen colombiano ha comenzado a recurrir a la ironía en sus observaciones y he descubierto en él a un fino humorista. A veces me he reído a carcajadas, como aquel día en que me dijo que tenía que preparar respuestas tipo para preguntas incómodas que me repetían una y otra y otra vez en las entrevistas. A la pregunta de: «¿Le ayuda su marido en la escritura de sus libros?» —aunque parezca mentira a veces tengo que escuchar esta pregunta y en ocasiones las que preguntan son mujeres—, el doctor Gasca me proponía contestar: «Nunca estaré suficientemente agradecida a la vida por haber puesto en mi camino a una persona de tan alta categoría moral y personal que ha sido fundamental en el desarrollo de mi trabajo.» El doctor Gasca me aleccionaba a que me la aprendiera de memoria y la soltara sin dudarlo y muy rápido, para hacerle ver al interlocutor que, de alguna manera, daba por zanjado el asunto. Lo recuerdo y me da la risa.

Pero no sé si volveré a la consulta o me podrá la vergüenza: hoy me ha dicho que ha leído un artículo mío. No cualquier artículo sino uno de esos artículos en los que te ofreces al lector para que te adore o te sacrifique. Se llamaba «No te contesto», y era en respuesta a un individuo que dedicó una columna entera a denigrarnos a Antonio y a mí. Nah, lo de siempre: que vivir en Nueva York es una pijería, que una escribe del Carnegie Hall por esnobismo y el otro se lo llevó crudo en el Instituto Cervantes Comentarios que nacen del desprecio y de la mala hostia. Podría pensarse también que de la ignorancia, pero es inaudito que una persona a la que se supone algo cultivada no sepa que un escritor reconocido como Antonio no acepta un cargo como el de la dirección de un Cervantes para hacerse rico. Basta con preguntarle a cualquiera que ocupe ese cargo.

Creo que hay una desconfianza muy española hacia el que se va. Una desconfianza que se transforma en burla socarrona. El que se queda presume de ser más auténtico. Naturalmente, al ser Antonio y yo dos personas públicas, esos comentarios mezquinos parecen dedicados exclusivamente a nosotros, pero no hay que ponerse paranoico. Al hablar con amigos de la pequeña colonia española en Nueva York te das cuenta de que al científico, la periodista, a la médico, al profesor o al digital manager les expresan el mismo resquemor cara a cara cuando vuelven de vacaciones al pueblo o al barrio. El doctor Gasca no lo entiende. Y así me lo dice: «No lo entiendo.» Y yo entiendo que no lo entienda, porque él es uno de tantos que vino desde Latinoamérica a buscarse la vida en esta ciudad, que ha acabado teniendo una posición relevante como médico y que se ejercita a diario por comprender a pacientes procedentes de cien países diferentes, necesita a menudo un traductor y se codea en los congresos internacionales con psiquiatras venidos de aquí y de allá.

Pero lo que me provoca sonrojo no es el tema del artículo en sí sino que él se haya decidido a conocer a la persona pública, que no es (del todo) la que se ha sentado aquí algunos martes. Me he sentido cómoda presentándome como una absoluta desconocida, tratando de explicar, sin mediación alguna, las claves de mi nerviosismo o mi ansiedad. Y ahora lo que escribo entra en juego. Ese otro yo que a veces me delata y me retrata de manera más transparente de lo que desearía.

Le he dicho: «No sé si se hace bien contestando a quien te ataca. Hay quien me ha dicho que responder es rebajarse.»

Me ha dicho: «Quien tiene que decidir es quien ha sido atacado, ¿no?»

Le he dicho: «Pero puede parecer que me importa demasiado. Y eso es verdad que es una victoria para el que te agrede.»

Me ha dicho: «¿Y a ti te hace daño que hablen mal de ti?»

Le he dicho: «Sí. Yo quisiera que no me importara, pero me duele. Porque no lo entiendo.»

Me ha dicho: «Entonces has hecho bien en defenderte.»

Le he dicho: «Ya, pero también me da miedo defenderme. Defenderme de la gente agresiva me atemoriza.»

Me ha dicho: «Pero lo haces.»

Le dicho: «Siempre me ha costado defenderme, me da miedo provocar una reacción aún más violenta. Actúo como una persona valiente pero soy cobarde. No sé si me explico. Tampoco me gusta estar tontamente en la boca de la gente.»

Me ha dicho: «Pero eso es imposible, dedicándote a lo que te dedicas.»

Le he dicho: «Ya. Me gustaría escribir y no ser juzgada por cómo vivo.»

El doctor Gasca ha dicho que eso es imposible. Y que más vale no sufrir por aquello que no se puede cambiar. Y que además a mí me gusta mi vida. Qué importa si a personas que no conozco les desagrada. Qué importa. También ha dicho que defenderse es un buen síntoma. Y que el que actúa de manera valiente es porque lo es, aunque le sea imposible acallar las continuas advertencias del cobarde.

Acaricio esa idea. Defenderse es un buen síntoma, sí. Y un buen síntoma es algo a tener en cuenta en una cabeza como la mía plagada de pequeños síntomas que amenazan mi irreductible optimismo. Disfruto de la vida, desde luego. A veces de cosas tan simples como este ir ahora, en metro, recordando la cena de anoche en casa del padre Jay, con quien hemos consolidado nuestra amistad después de dos años de aquella noche en que, vestidos de manera formal y con una botella de Rioja en la mano, llamamos al apartamento que comparte con José en el último piso del templo. Tras aquella primera cena escribí un artículo titulado «El cura y el ángel», para describir a estas dos personas tan extraordinarias, que sólo en ciudades como ésta pueden concederse el humilde deseo de elegir una vida sin trampas ni mentiras. Jay mudó su fe de católica a episcopaliana para poder vivir su sexualidad abiertamente y encontró a este José, neoyorquino, hijo de una puertorriqueña bellísima cuya imagen en blanco y negro en este apartamento del Broadway teatral la hace parecer, aún más, una actriz de cine.

Nunca pensé que mi artículo llegara a sus manos. He vivido estos años escribiendo sobre Nueva York con una sensación de libertad ilimitada, ironizando sobre usos, costumbres y manías como no me atrevería a hacer en mi otra ciudad, Madrid, porque sé que al lector siempre le brota una suerte de orgullo local y no consiente demasiadas bromas sobre su paisaje cotidiano. Pero he descubierto lo que ha empeñecido el mundo. Las palabras sobre el Barney Greengrass llegaron a los dueños; las que escribí en *Marie Claire* acerca de mi querida panadería, Levain Bakery, se reprodujeron traducidas en su página web, y éstas, por ejemplo, las que dediqué a esta extraña y querida pareja, llegaron a manos de José Vidal, a través de esa comunidad gay latina en la que es tan activo, y él se las leyó a Jay en inglés.

Cuando distinguí, entre el correo diario, una carta del padre Jay, me eché a temblar: pensé que tal vez pudiera haberle ofendido haciendo pública una cena que era, sin lugar a dudas, privada. No tengo por costumbre airear cenas íntimas y detesto a quien practica esas tácticas capotianas consistentes en abusar de un ambiente relajado para sonsacar secretos y ponerlos luego en circulación, pero el hecho de vivir tan lejos de donde se publican mis crónicas me ha dado estos años una especie de insensata libertad. De cualquier manera, he percibido que los neoyorquinos, al menos los que yo conozco, reaccionan de manera alegre cuando se ven reseñados en la prensa y aceptan la ironía si ésta es cariñosa.

El padre Jay no se enfadó, al contrario. Nos animó a que le preparáramos esa paella que les habíamos prometido. ¡La mejor paella de Nueva York!, aseguró Antonio. Y resultó ser la peor paella de Nueva York, porque el arroz es misterioso y traicionero y te la juega en las grandes ocasiones: nuestros dos amigos masticaron con fruición aquellos granos duros, pero eso sí, dijeron, con un gran sabor.

Anoche volvimos a Saint Mary the Virgin, la iglesia situada en el corazón de Broadway, escondida entre luminosos, neones, anuncios en movimiento y carteles a la vieja usanza de musicales. Hace unos meses vinimos una noche de frío a escuchar la *Misa del Papa Marcelo* de Palestrina. Es una iglesia con un gran programa musical, lo cual tiene gracia estando rodeada como está de tantos artistas. Pero lo que sin duda fue extraordinario es que tras esa hora y media de recogimiento escuchando al coro desde el altillo en el que habitualmente canta el coro cuando acompaña una misa, subimos a tomar un vino al apartamento de la pareja y a ver una exposición casera, montada por José, de arte latino gay. Íbamos de un cuadro a otro, con la copa en la mano, como se estila en las inauguraciones, atentos a la explicación del buen José, viendo aquellas fotos de sexo explícito y aquellos dibujos chocantes sin saber muy bien qué decir, salvo celebrar en silencio la posibilidad de conocer a un cura que no te juzga ni acepta ser juzgado por una intimidad que a nadie hace daño, y al hombre que vive con él en una zona en la que jamás pensamos que pudiera vivir nadie en su sano juicio.

Jay es siempre sorprendente. Ayer nos dijo que estaba disfrutando mucho leyendo las novelas del detective Carvalho de Manuel Vázquez Montalbán. Hablaba con familiaridad del detective gastrónomo, de Charo, su novia de siempre, y de cómo le gustaban los detalles de la vida cotidiana española que daban colorido a la trama. Los escritores reviven donde menos se les espera y me dio por pensar en la sonrisa que se le dibujaría a Vázquez Montalbán observando a este lector apasionado, cuando antes de sentarse en la butaca para leerle dejara a un lado el alzacuellos para sentirse más cómodo. Su curiosidad, la nuestra, hace que los temas se solapen sin que haya vacíos incómodos en la conversación, y nos preguntamos cosas unos a otros de manera constante, porque disfrutamos del hecho de que nuestras vidas no se parecen en nada. Nos une Nueva York, el interés por los seres humanos, o por el prójimo (como diría el padre Jay), la literatura pero también el cine y el show business y hablar delante de un buen vino, hablar largo rato, sin móviles que suenen, sin esa excitación que parece agitar a tanta gente ahora y le impide estar centrado en los ojos de los que tiene enfrente, en la mesa.

En la mesa. Hoy me han sentado en el lado opuesto de donde estuve la primera vez, es decir, de cara a la pared. Jay le dice a José, con una sonrisa, que me explique por qué. Y José, reticente, acaba contándomelo. Cuando tuvo mi artículo entre las manos lo leyó con el temor de que apareciera en él una pequeña presencia que le había atormentado durante la cena. Un ratón. Un ratoncillo que había cruzado dos veces la zona del comedor. No estaba muy seguro de que yo lo hubiera visto. A José no le importaba que hubiera hablado de su homosexualidad, de su vida con un cura, de sus cuadros eróticos, de sus esculturas porno, de Jay quitándose el alzacuellos cuando entró (como se quita el ejecutivo la corbata al llegar a casa) o de su apartamento en una iglesia. Nada era relevante para él salvo aquel Mickey Mouse que se dejó cazar dócilmente una vez que nos marchamos. No estaba seguro de que yo lo hubiera visto y le daba pena que la presencia de un ratón afeara el retrato que hacía de ellos. Espero que ahora me perdone por haber permitido que el ratoncillo meta el hocico en el recuerdo que les dedico. No he podido evitarlo: define muy bien la inocencia de este hombre guapo de ojos claros.

Después de la cena, hablamos del 11 de septiembre. No sé a cuento de qué viene el asunto. Tal vez porque les contamos que los chicos estaban con nosotros cuando ocurrió todo. Nos preguntan mucho por nuestros hijos. José recordó que estaba en Brooklyn. Vivía entonces cerca de Brooklyn Heights, enfrente justo de la línea del cielo de Manhattan donde se recortaban las Torres Gemelas. Su hermana, que estaba cerca del World Trade Center, le llamó. Él salió a la calle. Vio todo. El humo, el impacto del segundo avión, el desplome de las torres. Colaboró como voluntario en las labores de rescate. Y no puede hablar más porque se le humedecen los ojos y se le quiebra la voz. Se hace un silencio. Es el silencio de los que han visto más de lo que su respeto hacia el dolor ajeno les impide contar.

Llevo en el bolso un condón que nos regaló ayer. Un condón que algún colectivo artístico ha regalado en el día mundial contra el sida. Abro el bolso, lo veo y contengo la risa. Antonio llevará el suyo en la mochila.

Trato de concentrarme de nuevo en la lectura. Me cuesta, porque me despisto fácilmente y me paso de estación.

Manhattan es para tontos, dicen. Bien, yo soy esa tonta que al salir del metro tiene que detenerse unos segundos para saber donde está el norte. El metro de Nueva York es viejo y falla, se salta estaciones, pero estando atento no le causa al viajero ningún inconveniente. Pues bien, yo soy esa viajera que toma el coche en sentido contrario o que no atiende a esos cambios repentinos que, cada poco, va anunciando el conductor con la voz distorsionada por unos altavoces lamentables. Así que, por prudencia, leo sin prestarle la atención que se merece un libro que me tiene impresionada, *The Master*, de Colm Tóibín. Hace unos meses leí *Brooklyn*. Me conmovió de tal manera cómo el autor narra la aventura de una joven irlandesa a la que su familia manda a Nueva York para labrarse un futuro digno que hace unos días comencé esta segunda. Una recreación de la vida de Henry James en Inglaterra. Lo leo en inglés. Tuve la tentación de pedirlo en español, pero Antonio, como el pedagogo Settembrini, me afea la conducta, me dice que no sea perezosa, que no sea impaciente, que lo lea en la lengua original. Luego te alegras, dice. Luego me alegro.

Hay una portada del *New Yorker* de Adrien Tomine, «Missed Connections», en la que se ve a un hombre y a una mujer que se sorprenden leyendo el mismo libro en dos vagones que viajan en sentido contrario. Es el dibujo de ese instante. Mi coincidencia tiene un tiempo menos fugaz. A mi lado se sienta una mujer de mi edad que saca del bolso *Brooklyn*. Dos mujeres sentadas una junto a otra disfrutando del mismo autor. Siento la tentación de decirle algo. Le preguntaría simplemente si lo está disfrutando, y tal vez luego, ya metidas en conversación, le preguntaría de dónde vinieron sus padres o sus abuelos; como haría una neoyorquina si estuviera en mi lugar, pero aún no tengo el desparpajo que se gastan en esta ciudad para hablar con los desconocidos.

Siento debilidad por Tóibín. Me gusta la naturalidad con la que aborda las relaciones sentimentales y sexuales entre hombres en sus cuentos. Con un descaro ni grosero ni reivindicativo. También sus retratos de madres algo oscuras, ausentes.

En un libro de ensayos literarios sobre su querido Henry James aparece el rostro de Tóibín en la portada. Es un hombre de mejillas y boca sumidas, de cara larga, de grasa inapropiadamente distribuida. Le digo a una amiga que admiro la valentía con que ha aceptado un primer plano tan rotundo y me dice, desde luego. Ella piensa que me refiero a su falta de atractivo físico. Me malentiende. No hablo de belleza o fealdad, sino del coraje que hay que tener o reunir para mostrar un rostro que ha sido succionado por la lipodistrofia, ese efecto secundario que conlleva la medicación contra el VIH. En las fotos de su juventud sus carrillos aparecen lustrosos, llenos de grasa, y ahora tiene uno de esos cuerpos tocados por los antibióticos feroces que tan frecuentemente reconozco en el barrio de Chelsea. Como si hubiera sido el virus y no la condición sexual lo que les hubiera convertido en miembros de la misma familia. Envidio el aplomo con el que alguien que ha de mostrar su rostro en público con cierta frecuencia se adapta a una nueva cara, la del superviviente.

Guiada por su influjo, el pasado domingo visité la zona de Cobble Hills, en Brooklyn, el lugar al que llega la irlandesa Eilis Lacey para comenzar una nueva vida, cobijada en la casa de huéspedes que le busca un cura irlandés protector de los inmigrantes de Enniscorthy, la pequeña localidad en la que nació el propio Tóibín.

Mi amigo, el periodista David Valenzuela, me vino a

buscar a la parada de metro para emprender el paseo. Él también ha leído la novela y me prestó su brazo para que recorriéramos ese barrio al que él se siente muy unido. Nueva York, y en particular Brooklyn, han sido los escenarios de una vida renovada, que, probablemente, no esperaba. De Sabadell, el pueblo-ciudad de David, a Brooklyn, el barrio-ciudad en el que ahora comparte la vida con Richard, hay un océano, pero también unas profundas conexiones que facilitan la adaptación de un chico periférico catalán a la vida neoyorquina. Quien no se hace con un barrio en Nueva York acaba siendo un desgraciado. Es una ciudad demasiado inabarcable como para no tener un bar en la esquina en el que te reconozcan y donde tú vayas poco a poco haciéndote con un álbum mental de caras conocidas.

David venía para poco tiempo, de becario, como tantos otros, pero encontró un amor, la mejor política de integración posible, un piso al que llamar mi casa y un barrio al que regresar a diario. Camina desde Naciones Unidas hasta esa zona encantadora de Prospect Park en la que el *New York Times* asegura que se da la mayor concentración de escritores de todos los Estados Unidos. David es el hombre tranquilo. Tiene una cara carnosa que refleja a la perfección su naturaleza tierna, y representa el fiel reflejo de cómo el apego emocional a la familia se mantiene o se cultiva aún más cuando uno está lejos. Hay en Nueva York un runrún de madres españolas asomadas a diario a la pantalla del ordenador de sus hijos para desearles un buen día o leerles la cartilla. Hay un clásico en el facebook que son las fotos que los hijos hacen a los padres cuando vienen a verles a Nueva York. Padres en el puente de Brooklyn, padres delante de una hamburguesa, padres en lo alto del Empire State: un poco pálidos, asombrados aún de haber emprendido esa aventura, padres, muchos de ellos, que escasamente habían salido de su provincia.

David viene de un barrio de clase trabajadora y se ha hecho ciudadano del barrio más castizo de Nueva York, a pesar de que ahora haya lavado su cara con bares alternativos, restaurantes caros y tenga zonas pobladas por escritores, artistas jóvenes y batallones de madres que aman a sus bebés con amor furioso. Hay una nostalgia del viejo Brooklyn aunque este en el que habitan nuevos habitantes disfrute de mayor seguridad. Pero el paisaje está ahí, en algunos tramos casi intacto, el mismo en el que se apiñaban y se soportaban inmigrantes irlandeses, italianos o judíos la Europa del Este. También un chico de Sabadell se ha criado entre inmigrantes, pero los de su infancia eran de una inmigración de otras provincias españolas, como lo fueron sus padres.

Paseamos por Cobble Hill y por Brooklyn Heights, y aunque entramos por curiosear en un restaurante misterioso y elitista en el que sólo caben a diario unas diez personas y asisten tras el mostrador a lo que los cocineros tengan a bien preparar, nuestro pasado de chicos de barrio nos empujó, sin que apenas nos diéramos cuenta, a detenernos en las pequeñas tiendas aún no reemplazadas por lo alternativo. De pronto nos vimos en Macy's, en el Macy's baratuno de Brooklyn, en el que probablemente se inspirara Toíbín para recrear los primeros pasos laborales de su chica irlandesa. Nos sitúa en unos años cincuenta en los que la clientela negra no traspasaba las puertas de ciertos establecimientos. Eilin vive el momento en el que los encargados de los grandes almacenes comienzan a vislumbrar la posibilidad de adaptar ciertos productos al gusto estético de las mujeres negras. La mañana en la que

David y yo nos internamos en Macy's eran fundamentalmente chicas, señoras negras, las que rebuscaban entre montones de zapatos rebajadísimos, suéteres, camisetas, bisutería. Yo le digo: «David, ¿no sientes como que estás en tu casa?», porque era lo más parecido a los almacenes cimarrones de los barrios de los que venimos. También este público que hurgaba, olía, sopesaba, se probaba sin entrar en el probador, y se compraba botas para el invierno que procedían de restos de hace dos temporadas.

Imaginamos al escritor paseando por estas mismas calles, entrando en la iglesia de San Bonifacio en la que se reunían, se protegían, se vigilaban los inmigrantes irlandeses, exportando en ocasiones los cotilleos del nuevo mundo al viejo, contando por carta a sus familiares de Enniscorthy cómo se comportan sus paisanos, qué pecados están cometiendo ahora que se ven libres de la mirada materna.

Esta novela de inmigración, escrita por un irlandés que escuchó de niño a alguna de las emigrantes de su pueblo hablar de Brooklyn más que de Nueva York, y mantuvo ese nombre latente en su memoria sentimental, vino de adulto a reinventar la peripecia de la muchacha que tuvo el coraje y la necesidad de subirse a un barco, sola, sin familia esperándola, y salió adelante en un mundo en el que hasta la misma lengua se hacía desconocida. Imposible conocer a fondo esta ciudad si no se leen novelas de inmigrantes, porque los barrios están construidos sobre esos flujos migratorios y sólo la novela retrata el desamparo y el asombro de los recién llegados. No hay libro de historia o ensayo que sustituya a la monumental *Sombras sobre el Hudson* de Bashevis Singer. Leí no hace mucho un libro de no ficción, *Mamá*, del periodista argentino Jorge Fernández Díaz, que me hizo advertir el paralelismo de estas dos ciudades, Nueva York y Buenos Aires, ricas en inmigración, lugares de acogida para italianos y judíos que influyeron hondamente en la cultura de su nuevo país. Con la diferencia de que los irlandeses buscaron un lugar en el que se hablara su lengua y los españoles los países en los que se hablaba la suya. La protagonista de *Mamá*, Carmina, la madre del escritor, es una chica asturiana a la que también su familia manda en barco sola al nuevo mundo para apartarla de la miseria. Si el buen oído y la sensibilidad de Tóibín nos hacen creer que la historia de su Eilin es real; la de Fernández Díaz se convierte, por obra del lenguaje, en material literario. Dos historias paralelas, de la misma época: dos muchachas provenientes de dos pequeños países católicos que han de adaptarse a la grandiosidad apabullante de la épica americana.

Cuando se aventura uno por el territorio real de una novela o de un escritor, cuando se quiere pisar el lugar en el que las cosas fueron imaginadas antes de que pasaran al papel o a la pantalla del ordenador, hay en realidad una búsqueda de uno mismo, por encima de todo, y aun encubierta por un interés intelectual. Recuerdo haberlo hablado con el hispanista Christopher Maurer, al que conocí en Boston y que tuvo la amabilidad de ser mi guía en una excursión memorable. Me llevó primero a la casa de Louisa May Alcott, la creadora de *Mujercitas* y yo creí ver en aquella casa humilde de techos bajos de Concorde a la audaz escritora que inventó un personaje idéntico a sí misma, Josephine March, maestra en los sueños de independencia y rebeldía de muchas niñas, yo incluida. Creí verla, quise verla, a Alcott, sentada a la pequeña mesita de su habitación, situada de cara a la ventana, inclinada sobre el papel, imaginando la vida de esas cuatro hermanas que tanto se parecían a las suyas, retratando a una madre protectora como la suya, y a un padre ausente como el suyo, aunque las ausencias de su padre no se debieran a la guerra civil americana sino a su extravagante vida de filósofo que impartía doctrina de puerta a puerta. Creí verla a ella, pero me estaba viendo a mí, con nueve años, en un cuartito trasero que había en la casa que mis padres alquilaron en Palma de Mallorca, escribiendo un cuento protagonizado por la joven que yo anhelaba ser y que se parecía en cuerpo y alma a la protagonista del libro que leía una y otra vez, *Mujercitas*.

De la misma forma, cuando visité la peculiar casa de Mark Twain en Hartford, Connecticut, creí verlo a él en aquel ático amueblado con una enorme mesa de billar en el centro, paredes pintadas con pipas y motivos relacionados con el tabaco, y el pequeño escritorio donde escribía un libro que se llamaría *Huckleberry Finn*, en el que reproducía el habla y el humor de los niños pobres del sur entre los que él había crecido. Creí verlo a él, perturbado a veces por las voces y los juegos de sus tres niñas que necesita sentir cerca mientras trabajaba aunque eso le restara concentración. Creí sentir el aura del escritor popular, audaz, extravagante, cuya casa, a medio camino entre casita de juegos infantiles y mansión encantada, era el reflejo de un espíritu original, atusarse el bigote mientras trataba de recordar el acento que adornaba el habla de su infancia. Pero no era a él a quien veía, sino a mí, a mí con doce años leyendo las aventuras de Tom Sawyer; a mí con veintitantos, buscando palabras que ponerle en la boca a Manolito, el personaje que entonces interpretaba en la radio, otorgándole el acento propio de ese Madrid periférico que yo tan bien conocía. A mí ahora, hiperactiva, prolífica, con voluntad para meterme en negocios

*En la casa de Louisa May Alcott me veía con nueve años, cuando anhelaba ser la joven protagonista del libro que leía una y otra vez,* Mujercitas.

raros que me enriquezcan una vida que siento que se me va a quedar corta.

Hay una parte de la literatura que se torna cursi cuando uno la vincula al recuerdo, sobre todo, al relacionarla con épocas de crecimiento o con momentos que, vistos con perspectiva, nos parecen pequeñas o grandes epifanías. En la música esa identificación con uno mismo es inmediata. Gusta más lo que se recuerda y ese recuerdo está ligado a episodios concretos. Y si tenemos claro que en la música la relación con lo sentimentaloide o lo cursi es habitual, por qué no admitir que sucede también en la experiencia literaria. De eso hablábamos aquella mañana cuando el profesor Maurer conducía el coche de la casa de Alcott a la cabaña de Paul Theroux, al lado del lago Walden. La conversación había desembocado, como era natural, en Federico García Lorca, porque Maurer es uno de los más finos estudiosos del poeta, el traductor de *Poeta en Nueva York* y el editor de toda la correspondencia lorquiana. Además de ser un erudito generoso, al que no le molesta compartir el fruto de tantos años de estudio.

Yo también le contaba, claro. Le contaba, sobre todo, para no abrumarle a preguntas. En un mundo en el que se pregunta tan poco por el trabajo ajeno, resulta a veces extraño que alguien mire fijamente a los ojos y muestre abiertamente curiosidad. Por fortuna, Maurer parecía disfrutar con su narración y me hizo pasar una mañana feliz mirando por la ventanilla los paisajes frondosos de los alrededores de Boston y escuchando sus consideraciones literarias, tan alejadas de la antipática jerga académica.

Yo le contaba, por ejemplo, que entre los libros frustrados sobre mis santos literarios que he planeado en esta vida (Capote, Chéjov) se encontraba también aquel dedicado a Lorca para jóvenes. Hace unos años recibí un encargo para abordarlo tal y como yo quisiera y ese compromiso verbal me sirvió para empaparme de la vida y obra del poeta durante un año, hasta no leer casi otra cosa; pero dejando a un lado el placer que me provocó esta inmersión lorquiana no escribí jamás aquel libro que ya creía tener completo en la cabeza. En parte por miedo a que los expertos lorquianos, tan celosos con su Federico, no aceptaran la visión de una advenediza.

Le conté a Maurer que tenía pensado comenzar la historia en Riverside Drive, cerca de Columbia, donde se hospedó y estudió (no mucho) García Lorca en el año 29, y donde luego, en el triste exilio que dejó atrás un hijo y un yerno asesinados, desembarcó la familia: de los padres, don Federico y doña Vicenta, a los hermanos del poeta, además de los sobrinos que nacieron en España, de los que fueron naciendo en Nueva York, y de don Fernando de los Ríos y doña Gloria. Toda una saga española viviendo en las cercanías de la Universidad de Columbia y de Barnard College donde se ganaron la vida dando clase de literatura y lengua españolas unas y otros.

Maurer dice: «Es cierto, todo empezó ahí, en Riverside Drive.» Ahí está la estancia en Nueva York de la que nacería el libro más complejo del poeta. De allí saldrían numerosas cartas que Maurer editó en las que el mal estudiante Federico aseguraba a sus padres estar estudiando mucho inglés, aunque al parecer fue un mero coleccionista de palabras; haber visto a banqueros precipitándose al vacío desde las altas ventanas de los rascacielos por la ruina del veintinueve o perderse en el metro y aparecer en el barrio chino en el que probó la delicadeza de la comida asiática. El Federico embusterillo que pretendía agradar

*Cuando visité la peculiar casa de Mark Twain, me veía a mí con doce años leyendo las aventuras de Tom Sawyer.*

a unos padres no muy seguros de que pudiera labrarse un futuro como poeta; el que emplea el tono algo inocente que uno adopta para tranquilizar a la familia y el vital, el alegre, el entusiasta que jamás habla de sus horas de tormento.

Ahí, en el Riverside Park, salía don Federico cada tarde a fumarse su puro dándole vueltas, una y otra y otra vez, a por qué se empeñó en que su hijo no emprendiera ese viaje a México que le hubiera salvado de la muerte. Barrio del ilustre exilio del que poco se ha novelado, aunque sea inevitable imaginar una novela que comience con doña Vicenta absorta en su labor de costura, viviendo a dos pasos del dormitorio de la universidad donde su hijo asesinado había pernoctado quince años antes y se había matriculado en un curso de inglés al que casi no debió asistir. De su paso por el campus nos queda esa foto en la que aparece trajeado con unos audaces pantalones bombachos, sentado al pie de una enorme bola de pórfido que años después sería partida en dos por un rayo.

Quién le hubiera dicho a Federico que unos años después aquél sería el barrio de sus padres y que su padre jamás volvería a España. Quién le hubiera dicho a don Federico o a doña Vicenta que aquella ciudad lejana desde la que escribía su hijo sería el lugar en donde tendrían que llorarle.

Fue en aquel mi viaje lorquiano a Nueva York hace ya una década cuando visitamos la tumba de don Federico en el cementerio Gates of Heaven. Nos acompañaron su nieta Isabel García Lorca, que vivía aún en la ciudad, y su entonces marido John Heally. Isabel dejó unas flores al pie de la lápida en la que su nombre grabado en la piedra, de tan contundente raigambre española, nos impresionó a nosotros como si estuviéramos visitando la tumba de un familiar del que no nos hubiéramos acordado en mucho tiempo.

Todo empezó y terminó en Riverside, el barrio en el que ahora me refugio la mitad del año y donde a veces, paseando por el parque donde fumaba don Francisco o por el parque del campus en el que se encuentra la base de la bola partida por el rayo, honro a los muertos dejando que ocupen mi mente durante un rato.

Pero procuro que lo cursi, ese peligro que tan agudamente señalaba el profesor Maurer, no haga fracasar un recuerdo noble. Me gusta disfrutar de la ciudad y sus fantasmas, pero hago un esfuerzo por conceder a los fantasmas todo el protagonismo y no al hecho de que yo esté viviendo en el mismo sitio en el que confluyen historias tan significativas.

*The Master*, la novela, sigue abierta por la misma página. La lectora de *Brooklyn* se ha esfumado y yo salgo del tren de mis pensamientos sobresaltada, porque las puertas se han abierto en Times Square y sólo he reparado en ello cuando he visto que la mayoría de los pasajeros se bajan aquí, en el núcleo de tantos transbordos. Por suerte, me da tiempo a salir y maldigo mi tozudo despiste mientras camino hacia el andén de la línea 1.

Esta mañana salíamos del Gramercy Tavern, el restaurante que aparece todos los años en la guía Zagat como uno de los favoritos de los neoyorquinos y que yo votaría también si pudiera. Razones, a los neoyorquinos y a mí, no nos faltan: se come bien, es precioso, decorado en maderas nobles y adornado con los arreglos florales ¡más espectaculares de la ciudad!

Al pasar del gélido aire acondicionado a la sauna callejera le he dicho a Antonio: «Escúchame esto que digo: nunca, nunca, nunca en mi vida he sentido tanto calor. Prefiero el invierno.» Y me ha dicho: «Te lo recordaré, te lo recordaré el próximo invierno.» Me lo recordará. Esto es como salir de una sauna y no encontrar alivio en el exterior. Todo es ardiente, incluso el aire que de vez en cuando debiera aliviarte en las esquinas. La información meteorológica, tan visitada y requerida por unos habitantes que saben que el clima es fluctuante y tramposo, anunció ayer una ola de calor extrema que no se producía desde 1957: unos 39 grados aumentados por un agotador nivel de humedad. La ropa se moja, se pega al cuerpo y lo que podría ser un alivio, entrar en un restaurante, acaba convirtiéndose, al menos para mí, en una tortura, porque el sudor se enfría bruscamente con el brutal aire acondicionado, provoca escalofríos, mareos y, en ocasiones, dolor de garganta y de cabeza. Prefiero el frío. En el apartamento no tenemos aire acondicionado. O sí lo tenemos, en el sótano, pero deberíamos llamar al súper del edificio para que enganchara las máquinas a las ventanas y es un lío. Luego hay que volver a llamarlo en cuanto empieza el otoño porque esos viejos aparatos acoplados en los alféizares de las ventanas se ajustan gracias a unas persianillas de metacrilato por las que entra el aire frío. No cabe la posibilidad de empotrar unas máquinas más modernas: habría que pedir permiso al edificio. Otro lío. Lo dicho, en esta ciudad de parches hay que atenerse a lo que hay.

Hemos descubierto el ventilador del techo. Cuando llegamos estaba ahí, grande y amenazante, encima de la cama. Siempre habíamos temido que si le exigíamos demasiada velocidad acabaría descolgándose y seccionándonos las extremidades mientras dormíamos. Pero la temperatura nos ha obligado a correr el riesgo y ahora dormimos con el runrún de su aleteo. No hay manera de salir de este calor. Por la noche, las temperaturas se mantienen casi al mismo nivel y andamos por la casa como personajes de las obras agobiantes de Tennessee Williams, aunque expresamos de manera menos poética nuestros tormentos.

Con la esperanza de hallar un consuelo a esta tortura salimos cuando el sol se ha marchado y tomamos el metro hasta la calle 14 para rumiar nuestra desesperación por el Highline. El Highline es un parque diseñado sobre lo que fueron las vías del tren elevado de Nueva York, que comenzó a funcionar en los años treinta para evitarles a los ciudadanos de la isla el peligro y la molestia de los trenes de carga. Dejó de funcionar en los años ochenta, pero los vecinos lucharon porque la estructura del tren elevado no se demoliera.

Creo que es la intervención más poética que he visto de una zona en desuso. Los diseñadores mantuvieron las antiguas vías y sembraron a un lado y a otro plantas que parecen salvajes, con el intento de que recuerden a la naturaleza que invade y crece espontáneamente entre el acero cuando un tramo de raíles deja de soportar el paso de los trenes. Hemos visto nacer este parque elevado en 2009, y ahora, queremos pasear por la zona que han ampliado. El inicio está en la pequeña calle Gansevoort, donde aún se puede ver el letrero del desaparecido Café Florent, y acaba en la calle 30. Cuando subimos por las escaleras de acceso al Highline nos encontramos con un espectáculo curioso: un grupo de personas han instalado allí sus telescopios y con bebidas y bocadillos, como si hubieran acudido a un espectáculo, esperan la aparición de una estrella. Es un espectáculo. Como lo es toda esa gente que está tumbada en las hamacas de madera mirando al cielo, como lo son los que se mojan los pies en una especie de pediluvio que alivia del calor, o todos esos paseantes que sin alzar la voz van caminando por este parque estrecho abrigado por juncos y florecillas campestres. Nada perturba, no hay bicis, que alteran la tranquilidad del paseante, ni perros, ni niños porque no son horas, no hay espacio por el que puedan discurrir los corredores, ni espacio para el patinaje, ni para las cien mil extravagantes formas de quemar energía que tienen los neoyorquinos. Los coches quedan por debajo de nuestros pies. Sólo hay un pasaje tan estrecho o tan ancho como para que hace treinta años circulara un tren haciendo temblar violentamente esta sólida estructura de acero, y no hay más remedio que andar a paso lento, guardando una respetuosa distancia del que va por delante, sin pretensiones de adelantarlo. Nos sumimos en una especie de paseo onírico, elevados como estamos del asfalto, protegidos, a un lado y a otro, por plantas que parecen haber estado ahí desde siempre, desde antes de que el Ayuntamiento y la asociación de amigos del viejo Highline se pusieran a la tarea de recaudar fondos para construir algo hermoso sobre las ruinas industriales.

La maravilla, después de todo, es que este extraño parque haya conseguido atraer a los paseantes a un lugar donde ni pueden comprar ni pueden hacer deporte. Se trata de un espacio de paseo lento y de meditación, en el que las horas más asombrosas son las del atardecer, por algo estamos de cara al oeste, y la noche, porque caminamos sobre una ciudad vestida de luces y andamos por un camino iluminado sutilmente para no alterar la paz que se respira. Nunca un parque tan reciente cosechó tanto entusiasmo. De la mañana a la noche, de los ejecutivos que toman el sándwich y un respiro a mediodía al recreo

*El Highline es un parque diseñado sobre lo que fueron las vías del tren elevado de Nueva York.*

nocturno de los astrónomos aficionados el Highline es usado y paseado a todas horas. En invierno se respira el frío helador del Hudson y en verano, como ahora, hay una sensualidad cremosa que unta los cuerpos y abrillanta las caras. La belleza de la ciudad se ha inclinado hacia el oeste haciendo posible caminar de norte a sur de la isla siguiendo el curso del río o incluso optando un buen rato por este paseo volante que permite mirar la ciudad con aquella perspectiva antigua que teníamos de niños cuando en feria nos subían al coche de una noria.

Son los últimos días en la ciudad. El verano es para Madrid, cuyo ardor mesetario parece en estos momentos la temperatura del paraíso comparado con este calor acuático. Nos entra la impaciencia de aprovechar estas horas en las que ya no tenemos que trabajar, estamos libres de dar nuestra discutible opinión en los periódicos, de las clases de la universidad y de esos compromisos literarios que quedan aplazados para septiembre. Por fortuna, editores, directores de periódico, de revista, alumnos, organizadores de eventos y toda suerte de acreedores parecen desvanecerse en verano, aunque cuando vuelvan de sus vacaciones lo harán con la fuerza de los cobradores del frac. Como si estuviéramos en una ciudad vacacional nos echamos a andar hacia el restaurante, sin prisa, sabiendo que la noche está como para volver a casa a las dos de la madrugada.

Dice mi amigo Jim White que Nueva York cambia el ritmo en verano y es cierto. La ciudad ralentiza su ritmo y es fácil imaginarse cómo sería aquel otro Nueva York en el que la gente tomaba el fresco en las escalerillas de incendios o en una silla en la puerta de casa. Sigue haciéndolo ahora. La dureza de una temperatura que convierte el asfalto en chicle, de la misma manera que en invierno lo transforma en hielo, no permite demasiadas formalidades, y se respira en los movimientos de los paseantes que te cruzas por la calle una galbana parecida a la que yo vivía en Málaga, en los veranos en que íbamos a visitar a mi abuela. Aun así, Jim, un broker inmobiliario que se pasa la vida enseñando pisos a los exigentes clientes neoyorquinos, dice que el verano se ha convertido en una buena estación para la venta. A veces pienso que sólo se conoce una ciudad si se entabla amistad con aquellas personas que tienen trabajos que penetran en la vida real de los ciudadanos. Un agente inmobiliario, un cura, un decorador, una publicista, camareros, médicos, traductores, periodistas. Unos me han presentado a otros y yo me he dejado llevar en mi afán de no sentirme extranjera. Jim es también un vecino del barrio y es confortador saber que son muchos los domingos en que va a esperar tu llamada para tomar el brunch en uno de los restaurantes de la avenida Columbus. Uno se da cuenta de lo apegado que está a un lugar cuando va aumentando la gente de la que tiene que despedirse. Tendré que despedirme del dulce Jim, tan arreglado y coqueto como un ejecutivo de otra época en que los oficinistas eran más elegantes.

Nueva York en verano es más plácido, aunque el restaurante lo desmiente: el Minetta Tavern, es uno de esos lugares en que la diversión está directamente relacionada con el ruido de ambiente. Escandaloso, alegre, con una barra estupenda donde los clientes se entonan mientras esperan que se quede libre su mesa. Aunque renovada, esta taberna conserva la estructura y la decoración de aquella Minetta de los años treinta, llamada así porque a pocos metros de la calle McDougall donde se encuentra corría un arroyuelo del mismo nombre. Entonces era una tabernaza a la que acudían escritores y aspirantes a actores, hoy acude la bohemia chic y no se encuentra mesa fácilmente, aunque desde que me he abonado a Open Table, una página de Internet que te informa sobre las posibilidades de reserva, la pereza de llamar una y otra vez se evita en gran parte. Pero hay una nostalgia de tiempos más espontáneos. Internet ha salvado de trámites engorrosos a esta urbe de ciudadanos impacientes pero les desentrena en el trato humano y en la espera. Esta Minetta Tavern en la que ahora nos comemos una hamburguesa que me atrevería a calificar como una de las mejores de Nueva York ya no es el lugar en el que recalan las almas perdidas de la noche. Hay que reservar porque está de moda, porque se lleva la bohemia aunque ninguno de los que estemos sentados aquí pertenezcamos en absoluto a ella. A mi lado el cabello rubio, casi blanco, de una mujer joven ilumina el comedor penumbroso como si fuera una bola de luz. Es la actriz Kirsten Dunst. Lleva el pelo recogido en un moño alto y un vestido rojo de gasa algo retro y muy corto. Sin duda parece una estrella, una estrella interpretando en el cine a una chica pobre del Medio Oeste que viene a Nueva York a probar suerte en el teatro. Pasa varias veces delante de nosotros, va a fumar a la calle. Cuando salimos, está apoyada en la pared, fumándose un cigarro. Vive en la mejor ciudad del mundo para los actores. Pueden jugar a ser personas corrientes aunque en absoluto lo sean.

De camino a casa, después de bajarnos en la 103, pasamos, como casi todas las noches, por la puerta del Smoke.

El Smoke es ese club de jazz que Antonio siempre soñó tener en el mismo barrio en el que viviera. Ahora lo tiene. Cuando está solo, se baja y ve la actuación tomándose una copa en la barra. Es un local pequeño, oscuro como corresponde a la intimidad que demanda la música, algo abigarrado y con mesas tan juntas que los clientes han de hacer equilibrios para colarse en su sitio. Tocan en él los mejores músicos y siempre tiene un público entendido pero sin pretensiones. Siempre merece la pena ir al Smoke, aunque como yo tengo debilidad por la voz humana de vez en cuando reservamos mesa en el Oak Room del hotel Algonquin, donde más que la leyenda literaria que forjaron en los años treinta los artistas etílicos de su mesa redonda, como Woollcott, Harpo Marx o Dorothy Parker, me atraen las cantantes que con cierta asiduidad actúan en su coqueto restaurante almohadillado de terciopelos rojos. Allí he escuchado a la abuela con más swing del mundo del cabaret, Barbara Cook, o a la angelical Maude Maggart, a la que seguimos la pista desde hace años y que nos impresionó enormemente con un concierto dedicado a canciones de películas de Walt Disney. Fue una suerte de inspiración para que yo incluyera en una novela *When you wish upon a star*, de Pinocho.

Cosas que echaremos de menos: la música, la posibilidad de escuchar música en directo. De la actuación más sofisticada y más cara, a la que tocan un domingo en algún restaurante de nuestro barrio o en el mismo parque de Riverside, en cuanto comienza el buen tiempo. Echaremos de menos el parque. El río. Y esa excusa que se tiene a mano siempre para decir que no a una propuesta: lo siento mucho, no estoy en España. Nuestra vida tranquila está aquí. También donde, por alguna razón misteriosa, uno se vuelve más curioso y tiene afán por visitar lugares

*Siempre merece la pena ir al Smoke.*

que aún no conoce. Tal vez porque en el fondo se sabe, sabemos, que esto tiene fecha de caducidad.

Para el último día reservamos un plan que habíamos tenido en mente hace mucho tiempo: visitar la casa de Louis Armstrong. Salimos de casa pronto en la mañana, como si nos fuéramos de excursión y emprendemos camino hacia Queens. El metro, de pronto, sale de la tierra y se eleva sobre esas calles populares en donde viven los empleados de los habitantes de Manhattan. Camareros, señoras de la limpieza, obreros de la construcción, ascensoristas, cocineros, repartidores, peluqueros, muchos de los que sirven a esa isla que demanda servicios las veinticuatro horas del día se apiñan aquí, en esta comunidad de casas bajas y comercios baratos, aunque también hay algunas zonas a las que están llegando jóvenes alternativos que huyen de los precios abusivos de Manhattan.

Hasta aquí llegó una noche de 1943 Louis Armstrong. Satchmo, «boca de bolsa», jamás había tenido una casa. No sabía lo que significaba volver tras el trabajo a un hogar porque desde que abandonara su vida de niño miserable en Nueva Orleans no había conocido otra rutina que la de las giras y las habitaciones de hoteles pobres. Lucille Wilson, su cuarta esposa, le cambió la vida y, haciendo gala de un carácter imponente, le obligó a adquirir una vivienda. La misma a la que llegamos ahora. Una casita en el barrio de Corona, en una zona de clase trabajadora, ni fea ni bonita, evidentemente de gente modesta. Armstrong volvió en taxi de una gira que acababa de terminar y al ver el que sería su primer y último hogar le dijo al taxista que esperara porque no estaba muy seguro de que alguien fuera a abrirle la puerta. Pero ahí estaba Lucille, dispuesta a guiarle por una casa de dos pisos, que en los primeros años compartieron con la suegra. Nuestro guía, en este caso, es Al, un hombre afable y dispuesto a compartir con nosotros el entusiasmo que le provoca la figura del músico. Es emocionante contemplar cómo sobreviven las pequeñas casas-museo en los Estados Unidos. Todas las que he visitado, la de Jefferson en Charlottesville, la de Twain en Hartford, la de Louise May Alcott en Concorde, ajena imagino a ayudas estatales, parecen estar sostenidas por fondos meramente filantrópicos y toman como guías a personas que parecen tener una conexión emocional con el artista o la figura relevante que habitó el lugar que tienen que mostrar.

Al, nuestro hombre, va vestido con bermudas, se diría que ha salido a comprar el pan y ha entrado a casa de un amigo a hacerle una visita fugaz. Pero en cuanto comienza a hablar, apasionado, articulado, culto, se advierte el conocimiento que tiene sobre el trompetista. Antonio interviene dos o tres veces para añadir alguna información, no en vano por casa andan las memorias de Armstrong, *Satchmo. Mi vida en Nueva Orleans* y la biografía de Terry Teachout, *Pops*, libros ambos que él reseñó, pero yo, siempre atenta a las suspicacias ajenas, le digo en voz baja que no está bien aportar más información que la que aporta el guía que se gana la vida con ello y me hace un gesto muy inocente, como de que no se ha dado cuenta.

Vamos de una habitación a otra con reverencia, sobrecogidos aunque no intercambiemos aún ninguna mirada ni nos digamos nada. La emoción no está provocada por ningún elemento decorativo espectacular sino por todo lo contrario. Estamos en una casita de techos bajos, conservada hasta en las pequeñas figurillas de porcelana que decoran las estanterías. Aquí vivía uno de los músicos más influyentes del siglo xx. Miles Davis dijo que cualquier pieza que se tocara a la trompeta había sido ya interpretada por Louis Armstrong. Y es conmovedor observar la sencillez, tan lejana a los lujos que adornaron la vida de las estrellas del rock, con la que el trompetista vivió cuando al fin tuvo un espacio al que llamar hogar. Es, desde luego, un hogar. Se aprecia la mano de una mujer primorosa. En el salón hay una tele antigua delante del sofá. El vecino de Corona que era Armstrong tocaba el claxon al llegar al barrio y ahí estaban los críos de la calle esperándole. Les llamaba mis «ice cream eaters» y tras comprarles un helado les dejaba entrar al salón a que vieran la tele. No tuvo hijos, aunque según se cuenta, le dijo al papa Juan XXIII cuando éste lo recibió en el Vaticano: «Pero entrenamos todo lo que podemos.»

No hay dinero que pague el poder entrar en la cocina de Louis y Lucille. Los muebles, de un chocante azul eléctrico, están equipados con los aparatos más avanzados de los años cuarenta. Éste es el sueño de una pareja modesta que ha prosperado pero que conserva la impronta de su origen humilde. De nuevo, es como si volviera a tantas casas de mi barrio. De nuevo, experimento la cercanía que une a unos seres humanos con otros: el legítimo deseo de establecerse, de tener una vida tranquila, de prosperar.

Alguna vez había visto una célebre foto que se publicó en alguna revista de sociedad de Louis Armstrong en el baño principal de esta casa. Mira a la cámara sonriente, como solía, y está muy elegante vestido con un batín de rayas azules. A veces la fotografía es engañosa y el baño de la imagen, cubierto de espejos del techo al suelo y decorado con una grifería dorada, parece el de un hotel en el que el fotógrafo hubiera colocado a su modelo. Al verlo en la realidad la sensación es cómica: las paredes son de espejo, la grifería dorada, pero es el baño de alguien que ha sido pobre de niño. No es elegante, tampoco hortera, ni ostentoso. Su visión provoca una ternura hiriente.

En el piso de arriba Lucille le puso un despacho. Louis solía decir muerto de risa que jamás se había imaginado que hubiera habitaciones en las casas que sirvieran para otra cosa que para dormir. Pero aquel estudio se convirtió en su cuarto de juegos. Amante de los aparatos y de la tecnología pasaba horas grabando en un enorme magnetofón las cosas más peregrinas: tenía una colección de chistes verdes y escatológicos, y alguna grabación en la que se escucha su trompeta acompañando una sinfonía que suena en un disco.

De vez en cuando, Al, el entusiasta, aprieta un botón de la pared y los visitantes nos quedamos callados para escuchar la voz del artista. Cuando la voz gruesa de Armstrong se apaga sofocada por la lluvia del sonido antiguo, Al comenta las virtudes de este hombre bueno que, aunque toda su vida evitó opinar sobre asuntos políticos, tuvo la dignidad de tildar al presidente Eisenhower de cobarde y de no tener agallas por no enfrentarse a los blancos del sur que impedían la entrada de los estudiantes negros a los institutos. Fue célebre también su negativa a aceptar una gira por la Unión Soviética apadrinada por el Departamento de Estado Americano: «Después de la manera en que tratan a mi gente del sur pueden irse al infierno.»

En el sótano, tan escaso en espacio como la propia casa, hay unos cuantos objetos tras las vitrinas: un traje, el pañuelo con el que se limpiaba el sudor, una trompeta, y los manuscritos de mala letra y escasa puntuación pero llenos de vitalidad y gracia del hombre que fuera niño de la calle, hijo de una prostituta, hombre sin hogar hasta su cuarto matrimonio.

*Louis Armstrong llegaba al barrio y ahí estaban los críos de la calle esperándole.*

Un retrato de Satchmo adorna una pared de su despacho, tiene gracia, no es vulgar, está pintado por un tal Benedetto: Tony Bennett, un rendido admirador de Armstrong. Unos días después de que en el jardín se terminara de construir una zona de barbacoa y un espacio para que se pudieran disfrutar de conciertos caseros al aire libre el músico murió de un ataque al corazón. Ahora, los directores del modesto museo organizan en verano un pequeño festival. El guía nos animó a acudir, se despidió de nosotros con un fuerte apretón de manos.

Dejamos atrás la calle del artista. Esperábamos algo tan acogedor y tan modesto, pero no ha dejado de asombrarnos que fuera tan acogedor y tan modesto. El impacto de respirar la humilde intimidad de alguien del que ya nadie niega su grandeza, ni artística ni humana. Pero en este caso no hay cursilería ni sentimentalismo en la emoción. No hay manera de vincular la procelosa vida de Armstrong con la nuestra. No podemos imaginar cómo alguien que creció en el lumpen, que vivió de la caridad o que padeció la humillación del racismo pudo encarar la vida con tanta alegría. Era un ser tocado por la gracia, un elegido. Podría haber sido un delincuente, podría haber sido un cabrón, podría haber sido un desgraciado. Pero fue un hombre de buen corazón y generoso.

Su museo está donde tiene que estar, en Corona. Cuando pintaron el exterior de su casa se empeñó en pintar también la de los vecinos porque le daba apuro que su casa pudiera resultar ostentosa.

Son muchos los Nueva Yores que hay en Nueva York. Como muchos los amores que hay en el amor, que dijo Eça De Queirós. Algunos de esos Nueva Yores están escritos ya, en guías, en diarios, en novelas memorables, pero dado que cada uno construye la ciudad a su antojo yo quiero dejar por escrito estas impresiones, que están hechas a la medida de mi espíritu, ligero, zascandil y poco pomposo. Hablo de una ciudad que ya es la mía, por la que a diario camino hasta romper a veces las suelas de los zapatos, unas veces con Antonio; otras, con la alegre Lolita, a la que no puedo dejar de nombrar porque ha habido días que sólo he charlado con ella y porque es la que me ha dado a conocer las maravillas del Riverside Park; muchas otras, yo sola.

Ha habido momentos en los que esta ciudad que desprende una energía no siempre digerible me ha hecho sentir muy perdida. Aunque los médicos le hayan puesto un nombre a ese síntoma que me persigue desde los nueve años y aunque en estos momentos ande tomando unas pastillas que lo enmascaran, sé que es la consecuencia inevitable de una vitalidad que a menudo no puedo contener, de la implacable sensación de que mi vida se me queda corta. No sé la de otros, sé de gente que incluso se queja de que los días se les hacen largos, pero la mía, mi vida, se está pasando sin sentir.

Pero soy muy consciente de mi suerte. Bendigo el día en que Antonio me citó aquí, en un hotel de Lexington, cuando vivíamos un amor clandestino y Nueva York era el único lugar del mapa en el que podíamos pasar juntos seis noches seguidas. También esos años en los que, uno tras otro, fuimos viniendo a turistear, hasta que por fin nos decidimos a alquilar un apartamento. La experiencia del 11 de septiembre de 2001 que nos convirtió en testigos de la dignidad, la fortaleza y la solidaridad con la que esta ciudad de ocho millones de almas, tan áspera en ocasiones, respondió a la incertidumbre, al miedo y al dolor, sin dejarse llevar por el clima pendenciero y vengativo que se respiraba en Washington entonces. Bendigo el día en que mi marido aceptó ser director del Cervantes y tuvimos que hacer el más complicado de todos los traslados. Pero también bendigo el día en que dejó ese pequeño edificio de la calle 49 y la Tercera Avenida que lo abducía de las nueve de la mañana a las nueve de la noche porque ésa no era la vida que se adecuaba a nuestra forma de ser. Dios mío, cuántos actos culturales cabían en una semana. Y, ahora, bendigo este presente en el que camino, escribo, frecuento los restaurantes que me gustan (sin duda, una de las actividades culturales con las que más disfruto) y observo con interés de entomóloga las costumbres y las rarezas humanas de mis semejantes (mi primera actividad cultural favorita en esta ciudad). También bendigo al río Hudson, que tantas horas de paseo, conversación y quietud nos proporciona.

Cada vez que nos vamos, cada seis meses, hago un repaso de aquellas personas a las que digo adiós y de aquellas otras a las que me voy a encontrar, y cada año que pasa la balanza está más equilibrada.

El ventilador se mueve, emite un sonido de moscardón por encima de nuestras cabezas y hace lo que puede por aliviar el calor que hemos traído de la calle y que aún permanece pegado a la piel. La maleta está abierta en un rincón del cuarto, llena de ropa que ya no estamos dispuestos a doblar, dejada caer de cualquier manera: son demasiados viajes. Faltan unas horas para que nos vayamos. En esta misma cama van a dormir hijos con sus novias, sobrinas, hijas de amigos. Procuro no pensar en cómo van a cuidar las cosas que tan primorosamente cuido durante seis meses al año, porque cada una de ellas contiene una historia, el oso de madera, el Jonás con la ballena, la cabeza de Mickey, unos pequeños óleos de Brooklyn, una mesa vieja bostoniana, un archivador de una redacción de periódico. Nada vale mucho, pero todos los objetos han sido humanizados hasta tal punto que nos hacen compañía, nos dan abrigo y nos atan sentimentalmente a esta ciudad.

Cuando me asalta la duda de si quiero o no vivir entre dos ciudades, procuro pensar que donde está él está mi casa. No siempre me consuela. Y sé que es una afirmación incongruente en unas páginas en las que pretendo rendir homenaje a esta ciudad, pero no puedo terminar de otra manera, ésa es la pura verdad.

*Cuando me asalta la duda de si quiero vivir entre dos ciudades, procuro pensar que donde está él está mi casa.*

Anexo

## LUGARES DE NUEVA YORK

**Aki**
181 West 4th Street, NY 10014
Tfno. 212 989 5440
www.akisushinyc.com

**Absolute Bagels**
2788 Broadway, NY 10025
Tfno. 212 932 2052

**Anthropologie**
375 West Broadway, NY 10012
Tfno. 212 343 7070
www.anthropologie.com

**Babbo Restaurant**
110 Waverly Place, NY 10011
Tfno. 212 777 0303
www.babbonyc.com

**Balthazar Restaurant**
80 Spring Street, NY 10012
Tfno. 212 343 1274
www.balthazarny.com

**Bark Hot Dog**
474 Bergen Street, NY 11217
Tfno. 718 789 1939
www.barkhotdogs.com

**Barney Greengrass**
541 Amsterdam Avenue, NY 10024
Tfno. 212 724 4707
www.barneygreengrass.com

**Cafe Fiorello**
1900 Broadway, NY 10023
Tfno. 212 595 5330
www.cafefiorello.com

**Café Loup**
105 West 13th Street, NY 10011
Tfno. 212 255 4746
www.cafeloupnyc.com

**Café Odeón**
145 West Broadway, NY 10013
Tfno. 212 233 0507
www.theodeonrestaurant.com

**Caffe Reggio**
119 MacDougal Street, NY 10012
Tfno. 212 475 9557
www.caffereggio.com

**Corrado Bread & Bakery**
960 Lexington Avenue, NY 10021
Tfno. 212 774 1904
www.corradobread.com

**Despaña**
408 Broome Street, NY 10013
Tfno. 212 219 5050
www.despananyc.com

**Doughnut Plant**
379 Grand Street, NY 10002
Tfno. 212 505 3700
www.doughnutplant.com

**Eisenberg's**
174 5th Avenue, NY 10010
Tfno. 212 675 5096
www.eisenbergsnyc.com

**Fairway**
2127 Broadway, NY 10023
Tfno. 212 595 1888 2328
12th Avenue, NY 10027
Tfno. 212 234 3883
www.fairwaymarket.com

**Fishs Eddy**
889 Broadway, NY 10003
Tfno. 877 347 4733
www.fishseddy.com

**Flor de Mayo Restaurant**
2651 Broadway, NY 10025
Tfno. 212 663 5520 484
Amsterdam Avenue, NY 10024
Tfno. 212 787 3388
www.flordemayo.com

**Four Seasons Restaurant**
99 East 52th Street, NY 10022
Tfno. 212 754 9494
www.fourseasonsrestaurant.com

**Gramercy's Tavern**
42 East 20th Street, NY 10003
Tfno. 212 477 0777
www.gramercytavern.com

**Henry's**
2745 Broadway, NY 10025
Tfno. 212 866 0600
www.henrysnyc.com

**Hotel Carlyle**
35 East 76th Street, NY 10021
Tfno. 212 744 1600
www.thecarlyle.com

**J. G. Melon**
1291 3rd Avenue, NY 10021
Tfno. 212 650 1310

**Jacob Jarvits Center**
655 West 34th Street, NY 10001
Tfno. 212 216 2000
www.jarvitscenter.com

**Keen's**
72 West 36th Street, NY 10018
Tfno. 212 947 3636
www.keens.com

**Lenox Lounge**
288 Lenox Avenue, NY 10027
Tfno. 212 427 0253
www.lenoxlounge.com

**Levain Bakery**
167 West 74th Street, NY 10023
Tfno. 212 874 6080
www.levainbakery.com

**Librería Three Lives & Co.**
154 West 10th Street, NY 10014
Tfno. 212 741 2069
www.threelives.com

**Live Bait**
14 East 23$^{rd}$ Street, NY 10010
Tfno. 212 353 2400

**Louis Armstrong House Museum**
34-56 107 Street, NY 11368
Tfno. 718 478 8274
www.louisarmstronghouse.org

**Macy's Brooklyn Downtown**
422 Fulton Street, NY 11201
Tfno. 718 875 7200
www.macys.com

**Maritime Hotel**
363 West 16$^{th}$ Street, NY 10011
Tfno. 212 242 1188
www.themaritimehotel.com

**McNally Jackson**
52 Prince Street, NY 10012
Tfno. 212 274 1160
www.mcnallyjackson.com

**Metropolitan Museum of Art**
1000 5$^{th}$ Avenue, NY 10028
Tfno. 212 535 7710
www.metmuseum.org

**Minetta Tavern**
113 MacDougal Street, NY 10012
Tfno. 212 475 3850
www.minettatavernny.com

**Murray's**
500 Avenue of the Americas, NY 10011
Tfno. 212 462 2830
www.murraysbagels.com

**Museo de Historia Natural**
Central Park West, 79$^{th}$ Street, NY 10024
Tfno. 212 769 5100
www.amnh.org

**Museo de la Ciudad**
1220 5$^{th}$ Avenue, NY 10029
Tfno. 212 534 1672
www.mcny.org

**Museum of Modern Art (MoMA)**
11 West 53$^{rd}$ Street, NY 10019
Tfno. 212 708 9400
www.moma.org

**Oak Room del hotel Algonquin**
59 West 44$^{th}$ Street, NY 10036
Tfno. 212 840 6800
www.algonquinhotel.com

**P. J. Clarke's (Lincoln Square)**
44 West 63$^{rd}$ Street, NY 10023
Tfno. 212 957 9700
www.pjclarkes.com

**Paris Health Club**
752 West End Avenue, NY 10025
Tfno. 212 749 3500
www.parishealthclub.com

**Pisticci Restaurant**
125 La Salle Street, NY 10027
Tfno. 212 932 3500
www.pisticcinyc.com

**Reed Rooster**
310 Lenox Avenue, NY 10027
Tfno. 212 792 9001
www.redroosterharlem.com

**Restaurant Riki**
141 East 45th Street, NY 10017
Tfno. 212 986 5604

**Saint Mary the Virgin**
145 West 46th Street, NY 10036
Tfno. 212 869 5830
www.stmvirgin.org

**Salumeria Rosi**
283 Amsterdam Avenue, NY 10023
Tfno. 212 877 4801
www.salumeriarosi.com

**Shake Shack**
366 Columbus Avenue, NY 10024
Tfno. 646 747 8770
www.shakeshack.com

**Silver Moon Bakery**
2740 Broadway, NY 10025
Tfno. 212 866 4717
www.silvermoonbakery.com

**Smoke**
2751 Broadway, NY 10025
Tfno. 212 864 6662
www.smokejazz.com

**(Sushi of) Gari**
402 East 78th Street, NY 10075
Tfno. 212 517 5340
www.sushiofgari.com

**Swifty's Restaurant**
1007 Lexington Avenue, NY 10021
Tfno. 212 535 6000
www.swiftysnyc.com

**The Original Carmine's**
2450 Broadway, NY 10024
Tfno. 212 362 2200
www.carminesnyc.com
**Tom's Restaurant**
2880 Broadway, NY 10025
Tfno. 212 864 6137
www.tomsrestaurant.net

**Urban Outfitters**
2081 Broadway, NY 10023
Tfno. 212 579 3912
www.urbanoutfitters.com

**Veniero's**
342 East 11$^{th}$ Street, NY 10003
Tfno. 212 674 7070
www.venierospastry.com

**Whitney Museum of Modern Art**
945 Madison Avenue, NY 10021
Tfno. 212 570 3600
www.whitney.org

**Zabar's**
2245 Broadway, NY 10024
Tfno. 212 787 2000
www.zabars.com

## ÍNDICE

Seix Barral

19
20
11

Centenario

misántropo
epifanía
entomólogo